十三集

First paperback edition August 2021
Printed in the United States of America
Asian Culture Press
444 Alaska Avenue,
Suite #AZF046,
Torrance, CA 90503
United States

目录

前言

他说："每个人都有个想杀掉的自己。"
她说："要么去追杀。要么去被杀。"
说完，就来了暴风雨。于是，他们追进雨里。

他们住在从前的森林，用捡来的石头堆砌了没有门的房子。从天窗进入，她喜欢光着脚坐在阁楼的房梁上喝茶。窗外有一棵走过了很多世界的桂花树，打开窗就可以摘得到白色或是红色的花朵。花朵中依偎着两只乌鸦，当叶子落下，它们一只飞往森林深处，一只消失在它身后。
平时他是个只对花草低头，只对雷电诉说的"哑巴"。反正他知道她总是昂着头，总是能听得到他没说出来的话。

一天，她走进了瀑布丛林中深不见底的洞口。直到手里的蜡烛快要熄灭时，才不得不往回走。转身前，她和那个她认定的"见面"做了约定："我们在别的地方见。"
后来，森林在一个夜晚燃起了大火。她在路口等着他，他快要跑到她面前时忽然停了下来。
他的眼神说："我不走了。"
她示意："我知道了。"便转身离去。
她告别了他眼中的千山万水，他记住了她眼里逆流的火焰。

第一章 0103

07:15

第一节 20130214

放学路上，十三背着红色双肩包，踩着滑轮车经过东方集市一带。Q2b 星球的灯笼节快到了，整条街都布置得红彤彤的。老城墙边上正在舞龙，一共三个舞龙师，每人手里拿一根长棍，撑起龙头、龙身子和龙尾巴。龙就像龙一样，闪着金色铠甲冲着东边咆哮。

Q2b 星球是个四面环山的无根岛，岛下是深至无底的海沟。五座巨石形成的山脉间由无数盘山的树藤缠绕相连，山石和植物相互依靠着生长在一起。但随着人们的过度消耗，树藤已经在生态的失衡中干枯老化，巨石逐渐松动开裂。海水在上涨，陆地开始下陷。
不久前在南海爆发了大地震，南海是 Q2b 的中心入海口。海啸卷起的海浪直掀居民屋顶，造成半数建筑被破坏摧毁。受地震影响，引发第一核电站核泄漏，放射性物质已开始外泄至空气及海洋。由于食物储备不足，人们会为了一时的饥饿去掠夺最亲近之人。为了生存，丧失了生存的内涵。

此外，还有一则外交事务部的声明，一艘载有 5 名《外界探索》摄制组的船只在地震发生后失去了无线电通讯联系，下落全无。
目前在无法预警的前提下，Q2b 星球并没有针对地震海啸有效的防御措施。不过在新闻报道里，最后总是欣喜地告知大家灾难并不会对 Q2b 星球造成威胁。

事实上十三很清楚世界为了防止更坏的事情发生，有时必须先做出一些"坏事"。对于天灾人祸他有着天然的理解，他保持着新闻中所希望的那种自觉的乐观态度。反正他对于这个世界并没有多余的指望，也没有多余信仰。

十三接着又路过一家卖爆竹烟花、脸谱面具的日用品商店。店门口摆放着一摞日历，鲜红的封面上画了只彩色的大公鸡，写着"发现新世界"。旁边有个穿红色戏服戴着凤冠的人在表演变脸，愁眉苦脸的白色面具，一晃脑袋，变成了另一张面具上的愁眉苦脸。

屋檐的上空飞着个穿燕尾服的骷髅头风筝，戴着顶红色礼帽。夕阳的光线钻进风筝的身体，十三看到骷髅头对他眨了一下眼说："你好，我是敌人。"

清洁工在清扫的叶子说："我们以不同的面目出现过很多次了，下一次也已经是那么旧了。"

迎面咧着嘴坏笑的汽车说："别炼了。他不是那个人。"

十三总能清楚地看见事物那些透明的样子。他习惯没有朋友，习惯沉默。他喜欢坐在路边，专注于无所事事，恨不得就这样把他的无聊从早到晚舔一遍。

但是，他得回家了。

到了家，妈妈还没回来，十三把滑轮车放进他一丝不苟的卧室。书桌上整齐的码放着各类参考书，床头贴着他最爱的漫画《笛子与蛇形阶梯》的海报。一位披着红斗篷的骑士，手举王者之剑，指向前方。刀刃上刻着月亮，金星和木星的符号，剑炳上刻着五个同心圆的生命之树。身旁跟着一匹银灰色的狼，在漫天的白色桂花中飞驰。骑士羽毛般的黑色头发中流动着金色光芒，映红了他的脸。也同样映红了十三的梦想，去打一场骑士的圣战。

刚打开书包，梦就被作业吃掉了。他的生活只有在被控制的间隙，才能拿出 ipad 喘口气，玩一会儿《灰尘大战》。妈妈跟他的约定是，写完作业才能玩游戏，但是晚上十点之后不许玩儿，因为该睡觉了。十三每次写完作业都超过十点，所以他没有玩游戏的权利。

这时听见妈妈回来的声音，十三赶紧放下手中的 ipad。打开语文作业本，立刻投入到学习状态。有一道填空作文题，"世界不会亏待＿＿＿＿的人"，他毫不犹豫地写上"真心"两个字。

但是十三对写作文有点头疼，他认为自己不具备理解这个世界和表达自己的能力。上次考试的作文题是：用"黑"的反义词写一篇文章。

十三写的是："不黑"，结果得了零分。别的同学都在写"白天""洁白""白茫茫"。他想不通，黑的反义词为什么只能是白。

因为作文的失败，十三的成绩获得了倒数第一。妈妈被老师约到学校单独开了会，从此他的作业被严加监管了。

果然，妈妈回家后的第一件事就是来查看他的作业。十三的妈妈林女士在植物研究所工作，主要负责珍稀植物的培育和开发。她有着严苛又执着的规则感，从不把工作的事情带回家，也从没有发现十三所具有的稀有属性，他们之间的距离隔着全世界的空气。林女士一眼就看到了十三正在写的作文。"又错了！"她说。"世界不会亏待努力的人。还有进取、积极、这些词都会更准确。"

他不知道说什么。默默地划掉了填空题上的"真心"，改成了"努力"。

这个努力让他有一种掏心掏肺却掏不出"钻石"的内疚。但有些事必须努力过才会知道努力没用。

一天傍晚，外面下着大雨。十三听见妈妈喊："厕所漏水了！"他马上跑过去看。

"可能是下水管道老化，需要工具箱。"林女士说："你去阁楼找出来，钥匙在第七橱柜的第一个抽屉里。"他拿上钥匙，又听见妈妈说："顺便把旧灯笼也带下来。"

十三的家住在一栋铺着蓝色和黄色瓷砖老房子的四层，连接着一个红色屋顶的阁楼。这是奶奶留下的房子，小时候听奶奶说有个邻居，是个故事大王，不过他从没见过。阁楼是奶奶之前存放杂物的地方，奶奶管那儿叫"空间垃圾站"。

阁楼的门上挂着一副褪了色的春联。以前都是奶奶在灯笼节时去集市选灯笼，买烟花，并且一定会亲手写春联。十三跟着奶奶学了毛笔字，当时他写了

"万事如意"的横批，和奶奶一起完成了第一副春联儿。后来，无论奶奶写什么，他都会横批"万事如意"。再后来，奶奶在一个腊月八号的星期四去世了。十三写了幅："岸容待腊将舒柳 驿使探春为赠梅"在阁楼门上一直挂到了现在。不同以往的是，他把"万事如意"写在了心里。

十三来到阁楼。好长时间没人进了，到处都是灰。他掀开几个白色布盖，被呛得咳嗽。突然，不知从哪里飞出一只大蝙蝠，吓了他一跳。飞到面前时，看到张开的黑色翅膀就显得更大了，蝙蝠在阁楼里不停地转圈。十三打开窗户，抓起一把扫帚，朝着蝙蝠挥舞，可蝙蝠并没有要走的意思。他冷静了下来，好像知道了要跟蝙蝠说些话。
"你能成为我的朋友吗？……你说你不想成为任何人的朋友，比成为敌人还累。"十三自言自语着："是的。我做到了……"
他说完这些，蝙蝠在空中划了一条弧线，飞出窗外划进了大雨。
他在寻找工具箱的过程中，再次见到了曾经的玩具碎片。比如城堡积木，海盗士兵，玻璃珠子象棋子等等。还有奶奶心爱的银质烛台，然后在一堆贝壳中间找到了旧灯笼，接着又在奶奶那台脚踏缝纫机下面的毛线球里找到了工具箱。
篮子里的那些毛线球，让他回忆起奶奶曾经织过一顶黑色毛线帽子，奶奶说当有一天认识了这顶金羊毛的王冠，就到了畅通无阻的时候。

准备关门前，十三看到杂物架上躺着一个旧收音机，带走了它。

晚上八点多，他终于没忍住，放下了正在写作业的铅笔，开始研究收音机。收音机太旧不好用了，十三转动调频的指针，里面发出滋滋的噪音。突然，他停下来，好像听见混在噪音之中的玩闹声，这个声音断断续续。

先是听到一个男孩的傻笑声，过了一会儿男孩说："如果有一天，我不会说话了，你原意帮我配音吗？"

然后一个女孩说："当然不愿意了。"

接着男孩儿又傻笑起来。

十三听得出了神，黑色的眼睛死死地盯着收音机，他激动的时候眼睛就会比黑色更黑。

第二个晚上，十三继续转动收音机的调频，在一阵滋滋声后，跳出声音："清扫垃圾成为当今最热门话题。据称，某秘密组织正在为生存空间的环境提升提供更有效的实施方案。但此传言并未得到任何官方证实。"

没头没尾的时事新闻后，又传出了笑声，男孩的笑声中有一个女孩在唱着：

"他住在23号白房子

她住在32号红房子

他们千里迢迢

尽力让彼此失望"

然后收音机恢复到滋滋的噪音。十三不停地转动调频钮，玩闹的声音再没出现。他整晚都在和收音机较劲，还给收音机起了新名字，叫做"奔奔"。

奔奔的出现，让十三体会到也许真的会有"朋友"这回事。

正月3号，学校组织了唱诗班的同学们在中央广场表演。十三并不喜欢参加这种社团活动，但妈妈希望他能够成为与众不同的人。他在这些盲目的训练中，学到了种种"才艺"。他内心的声音说，你是谁就是谁，不可能不是。没有人不是自己，人们只是不想认识自己。他身体里总是会出现另一个声音，似乎有两种力量在拉扯，他知道他的使命是先迎来内在的世界和平。

中央广场就是市政服务部前方的一个广场，距离十三家有30分钟的路程，如果踩上滑轮车也就是一眨眼。他上次来这里是参加围棋展览和心算大赛，这次唱诗班的合唱演出在中央广场的圆形露天剧院。剧院旁边有一座半月形建筑，是个失火后废弃多年的医学博物馆，它曾历经多个悠久的前身。这是镇上他最喜欢的风景，犹如一座厚重的阴影，置身事外的伫立于此。

在即将到达的不远处，前方的道路因地震破坏被封锁了。十三正准备绕行，看见一只小猫翻进围栏过马路，结果掉进了一条地面断裂的沟缝里。他立刻加速了滑轮车跑过去救它，跑到围栏时，被醒目的红色三角障碍物拦住了。

就在他"脚下拌蒜"的时候，一个骑着摩托的少年毫不犹豫地越过了障碍物，翻过围栏跳进裂缝。十三看见小猫安然无恙地被救了上来，他松了口气，继续朝着中央广场走去，但是心里很不是滋味。

直到在下午的合唱演出中，还总是走神儿，不由自主地回想着刚才的自己简直太不骑士了。旁边的同学使劲儿地打了他一下，他才意识到自己唱错了，马上回过神来。十三再次回到合唱的旋律里，张大着嘴唱歌。

他认真地感到自己就像只马戏团的猴子。恍惚中，他又感觉到台下有一双眼睛正在盯着自己，那个目光犀利又亲切。但是从台上望过去，人群只是人群，他找不到那束光的来源。

十三的演出失误给班级丢了脸，所有同学都在责备他。他又一次被大家排挤和孤立了。

之后在他回家的时候，一眨眼的路程被拉长了很多很多，周围就像深夜一样寂静，谁都没有。眼前这个等同百货商场的马戏世界，在最醒目的位置供奉着销售偶像们的大头照。人们再也拿不起刀剑，靠哗众取宠分出胜负。力量的分散导致了他的挫败感，他没有逗大家开心的讨喜本领，更不会用谎言驯服自己。

他的无用已经够"孤独"了，为什么还要努力有用，然后和别人一起孤独呢。响应心的号召才能产生根本的力量，否则会活得很丑，他狠狠反省着。

省着省着，十三听到了不知从何处飘来的教堂音乐，里面隐约着敲钟声。接着他看到路对面的一棵枯树枝上挂着个铃铛，影子被路灯倒映在红墙上，一只白猫在树下绕着圈儿。

红墙边的长椅上坐着个戴着黑色毛线帽的男人，扔着手中的石头，敲打着树枝上那只铃铛。

十三在钟声中拐过路口，然后迎面走来一位长相严肃的老头儿，边走边开始大声地诗朗诵：

"离离原上草 一岁一枯荣 野火烧不尽 春风吹又生 远芳侵古道 晴翠接荒城"。

从他们擦身而过的对视中，十三看到了那束同样犀利又亲切的目光。

第二节 0320

从十三的学校出来，再经过两个路口，有一家很不起眼的漫画书店，被夹在照相馆和玩具店中间。这里是漫画迷们的寻宝之处，只要穿过这扇窄小的店门，就穿进了"星空"。

空气中混合着霉味和无数孤本漫画的神奇味道，很好闻。层层叠叠的漫画书从地面一直摞到了天花板，书店老板经常会用书来当做梯子，踩在上面去摘架子顶上的"星星"，熟练地从铺天盖地的凌乱中一下子找到他要的那本。

说起书店老板，他是个看起来非常"枯燥"的人。永远穿着整齐的白衬衣，并且始终保持在一个白度。说话带着奇怪的外地口音，十三只能尽力猜个大概其，基本上靠悟。十三非常喜欢他身上这种一沓糊涂又墨守成规的特点。

每到放学后，漫画书店里里外外都挤满了学生，就连屋后的垃圾箱上都没有空位。店门口两边的货架上摆放的是最新上市的畅销漫画，通常都是些抢手的爆款英雄系列。男孩儿们围成好几堵墙，每次十三都要费好大的劲儿才能穿墙而过。

十三并不喜欢"普通"的英雄，也就是那些总是成功的完美人物。他相信让人着迷的是那些所谓的"缺点"，他喜欢不一定的剧情和一言难尽的结局，越是吸引他的越是那种能真正拥有自己缺陷的人。

他总梦想着一个画面，有那么一天遇到那么一个人，就知道要跟这个人出走了。

他每次来书店都是来寻找一本记忆中看过的《笛子与蛇形阶梯2》。这时十三又来到书店最里面的角落，希望在这些没人爱看的漫画堆里发现他的漏网之鱼。于是他上上下下，一本本仔细地搜索。

"你还在找那本书？"书店老板仰着头，用特别拐弯儿的口音问正在梯子上翻书的十三。

"是的。我还是在找《笛子与蛇形阶梯》的续集。"十三回答。

"《笛子与蛇形阶梯》只出了一本，没有续集。早就跟你说过了。"老板说。

"我看过续集。"十三坚定地说。

"那你找吧。"说完老板就转身走了。

前几天，十三在池塘边喂一只小乌龟，结果 ipad 掉进了池塘，死机了。后来他经过繁琐的挂号流程，总算把 ipad 送到了镇上大名鼎鼎的电子医院"全蚀维修中心"进行拯救。

这天下午，十三取回了 ipad。回家后，他发现 ipad 相册里多出了一张新照片。照片中挂着一张日历，3 月 20 日春分。上面画着一丛桂花枝和烫金的"万事如意"。日历上方钟表的时间是 4 点 38 分，旁边的窗台上摆着五个不同装束的手办，其中一个和床头海报上的骑士一模一样。

十三瞬间感受到了某种召唤。他预感他的"英雄"会真实地出现在自己的生活中，而他们此时正住在同一个镇子。于是，他决心要去找到这个拍照片的人。

十三兴奋地一晚上都没睡着，天一亮就提前背好了书包，抱着ipad，盯着挂在门上的时钟。期待着时间到位，冲刺到维修中心。这时的他就像即将奔赴战场的战士，等待着一声号令。

终于来到了全蚀维修中心门口，有几个人在排队。十三跑到前面想直接进去问一下，刚一张嘴就被门卫轰了出来。没挂号不允许提供任何服务，这是店里的硬规矩。队伍的前方有个拄着拐杖，拎着黑色手提箱的男人把自己的号码让给了十三，十三感激地接了过来。

后来维修医务人员告诉他，昨天下午给一个客户寄回修好的电脑。不小心把这台ipad一起错寄了过去，然后对方很快就给送了回来。

十三得到了这位"英雄"的地址，他叫做八郎。

上午第一堂课后，趁着大家放风的时候，十三踩着他的滑轮车偷偷溜出校门。警卫室的王大爷眼睛很毒，十三穿过校门的时候就已经设置好自己的"隐身"技能，他压低了棒球帽，屏蔽了所有目光。他自言自语着："我不在。我不在。"

王大爷冲着他喊："小子！干嘛去！"

十三继续自言自语："没听见。不可能听见。"

他的天地像是被压缩了，除了八郎什么也装不下了。

为了见八郎，十三逃了学，这是他目前人生中最大

的"叛逆"。他迎来了一场属于他个人的海啸，并迫
不及待地投入其中。

滑轮车一路向西，经过镇子里最大的"最大跳蚤市
场"，再向前就是农场区了，但现在只剩下一些残
缺的田野和牧场。

八郎的仓库就在一进农场的地方，是个褪色的红砖
墙房子，边上还有个堆着干草的老磨坊。仓库院子
外面的栅栏敞着门，十三看见一张线条清晰的脸，
凌乱的头发，穿着宽松的条纹睡衣，正在往稻草人
的帽子上面放鲜花。

他立刻知道，是八郎！原来八郎不只是好看，而是
一种"复杂"的好看。有种感觉是如果不是遇到这个
人，就不会知道的感觉。就像一个从来没有过的想
象，突然被圆了。

八郎看见十三，并没有理睬他，继续收拾着稻草人。
十三拿出 ipad 对八郎说："你好，我来找拍这张照
片的人。"

八郎拍了拍身上的灰尘，说："你来找我，就是自寻
死路。"

十三紧接着说："如果可以走得动，我就跑起来。"
八郎嘴角微微上扬了一下，就把十三领进了仓库。
七拐八拐，进了厨房。房间里铺着黑白相间的地板，
共有 64 个方格。十三不由自主地在意识里移动着
他那些奇特的石雕像，仿佛在宇宙的影子上，继续
着"本来"与"后来"之间的战役。

八郎给十三拿了瓶石榴汽水，他自己喝咖啡。十三

看到石榴汽水，想起曾经和自己玩儿的游戏，他被
"另一个自己"发起挑战，打赌比谁喝的石榴汽水多。
因为另一个自己太能喝，结果十三被送去医院。
接着，十三问八郎，ipad 里怎么会多出那张照片。
八郎说，如果你在等一个人，这个人身上的任何信
息漂过来，你都会知道。

后来十三说起他曾经看过的那部漫画《笛子与蛇形
阶梯 2》再也找不到了，但他千真万确看过。
他跟八郎说漫画讲了几个伙伴通过冒险和考验，最
终战胜了地狱魔王的传奇故事。
还有一个情节是："迈克尔和保罗必须穿过绿色的
荒野，才能到达幽冥花园。而穿过荒野的秘密
是……"十三沮丧地说："我想不起来了。"
八郎说："我有这部漫画，那是真实故事改编的。后
面还演了迈克尔被困在马戏团的事儿……"
十三感到一种突然地平静，他知道他可以和梦想的
告别了，因为他到了。他问八郎："能借给我吗。"
八郎说："可以送给你，但是要拿东西来交换。如果
你想得到你从没得到的，就要先付出你从来没付出
过的东西。所以，我要一条被驯服的毒蛇。"
十三说："一言为定。明天见。"
从此，十三每次离开时，都会和八郎说"明天见。"
八郎也都会说"好。"

十三想，毒蛇应该就是眼镜蛇那种蛇吧。他踩起滑

轮车由西往南奔，来到了海边电影院附近的，"冷血陪伴"宠物站，房顶上绑着黑色蝴蝶结。他推门进去，顺着阴暗的光线看到带刺的蜥蜴、白蜘蛛和缤纷的箭毒蛙。一个戴金丝边眼镜，套着宽大黑围裙，圆乎乎的女人正在打电话："对，我是喵老板……我这儿有黑天鹅，但它们的命运厌倦了等待，随海啸先走一步了。白天鹅有现货，但它们和黑天鹅不和……"

喵老板一挂电话，十三就过去问："请问你这儿有眼镜蛇吗？"喵老板把眼镜往下拉了一下，从镜片上面看着他说："真巧，我也想要。"十三露出失望的表情问："那哪儿能找到眼镜蛇呢？"

喵老板："等我知道了，一定告诉你。"十三无奈地往门口走，又返回来问："那能告诉我，哪里可能会有眼镜蛇吗？"

喵老板："鹿台山顶那个东极餐厅……"没等说完，十三就夺门而出，喊着谢谢喵老板！可喵老板的后半句话是，"也不会有。"

十三踩上滑轮车，沿着海往东边出发。滑轮车速度越来越快，闪电般的十字车轮就像是旋转起来的太阳光环，在他脚下升起了火焰。

经过盘山而建的瀑布过山车和绿洲体育场,十三来到了鹿台山顶。他站在这里突然心生伤感,因为从山顶眺望小镇就犹如在云海中现身的海市蜃楼,而这座海市蜃楼将有可能从天空中陷落。天地就像沙漏一样翻了个身,然后不复存在。

走进东极餐厅,就走进了错落的竹林。头顶上挂着羽毛图案的纸灯笼和纸船,飞悬在半空中。有一条小溪环绕在店内,围成葫芦形状,水中漂浮着荧光莲花灯,中间还有个蓝色瓦顶的凉亭。一个身着黑色长袍的光头大厨在凉亭里烹饪着各式深海鱼贝,很有仪式感的一下子磨刀,一下子点火。烹饪的过程是燃烧的颜色,食物是绿色。

十三走上前问:"有没有蛇?"大厨说:"当然有。"

他接着问:"有没有毒!"大厨说:"当然没有。你所看见的,就是你能找到的。去发现那些你还没看见的。"

十三的心随着大厨的回答着了火。鹿台山中有一片森林,他一个闪念,去森林抓蛇!

鹿台山是镇子东部一片连绵山脉里的最高峰,周围山崖险峻。传说在这里的山窝之间住着一种普通的雄鸡,却是长着人脸的怪兽。它的叫声很恐怖,像在呼唤自己的名字,招来灾祸。所以很少有人敢来。

十三踩着一条碎石子的小路，越往里走越寂静，连鸟的叫声都没有。不知不觉走到了一个山洞口，洞口周围被枯树藤缠绕着。十三朝洞里看了一眼，虽然心里有些害怕，但是腿就是不听使唤地被某种吸引力拽了进去。他壮着胆子走了几步之后，一丝光都没有了。在光线退场的黑暗中，忽然感觉自己走进了某场记忆的片段，他带着红帽子，背着双肩包，正走向一座森林深处的教堂。然后听到有人在铃声中不断地呼唤着他的名字，再然后他放了一把大火。

这个画面把十三吓住了，他不知道自己是怎么从山洞里走出来的，失去了寻找毒蛇的力气。他听到森林里被风吹响的树叶，都在对他表示着嘲笑。树叶说："上一秒觉得靠近了自己一些，这一秒就觉得上一秒是错觉。"风说："他没勇气，放心，别人也没有。就算总有人有，你也不会遇到。"

他一边怀疑着自己，一边停下了走出森林的脚步，猛地一转身跑回到山洞口。他深吸了一口气，他要主动迈进去。山洞里还是和刚才一样黑，但他内心的呐喊早就烧起了一把野火，这团火让他每一步都走得越来越坚定，坚定中诞生了新的自信。一边走一边仔细收集着周边的动静，他准备好面对刚刚那个场景，准备好面对未知的后果。可是，什么都没有出现。直到十三确信自己不会再因为害怕而却步，才走出山洞。

同时也预示着，他将要从"马戏团"训练营走进自我发现的大冒险。他认识到内在的和平首先是认识黑暗，而不是去想象光明，黑暗之光是脚下不灭的灯笼。他不可抗的归于平衡，归于一个滚动的圆。他要自己决定在滚动中闪光的方式，枯萎的姿势。

总之，十三绕了这一大圈儿，连个蛇的影子都没见到。只好伴着日落返回了。当太阳再次升起的时候，他的心情并没有跟着升起。徘徊在上学的路上，这时看到东方集市正在忙活着摆摊儿，之前就听说这里有各种来历不明的古怪玩意儿。这个集市十三几乎每天都路过，但妈妈说这里很危险，而危险是他的禁区。

十三第一次走进了这个市场，眼花缭乱的摊位布满在交错蜿蜒的小路上，像一个个宇宙道具店。他不知逛了多久也忘了置身何处，他感到让人承受不起的不是危险，是不够危险。生命之路就该尽量短而深情或是曲折无情，应该足够难过足够不合理，应该去配得上用刀刃款待自己。

这时，他看到一家店的牌匾上写着"伴我同行武器装备"，于是又被吸引力拽了进去。大鼻子掌柜正躺在摇椅上打着瞌睡，店里有好几条蛇盘踞在玻璃墙体里的假山和丛林中。十三走到摇椅前大声说："请问，有没有最毒的蛇？"

掌柜抬起头，半醒不醒地打量着十三。然后说："找来干嘛？"

"做朋友。"十三回答。掌柜再次打量了他，没说话。带他来到二楼。二楼是个隐秘的房间，挂着绣满白色牡丹花的大门帘子。拉开之后是满屋子的古董娃娃，还有古老的娃娃书籍和真人比例的丝绸玩偶服装。十三没有看到蛇。

掌柜说："都在这儿了。都是最毒的。"

十三意识到"毒蛇"不一定是毒蛇，是别的。是我看到的"毒蛇"。

我的"毒蛇"就是乌龟，一只最普通的小乌龟。十三高兴地往外飞，他飞向池塘，去找那只小乌龟。

第三节 06242000

十三来到仓库。八郎嘴里叼了根干草，哼着歌儿清理着草坪。十三把乌龟递过去说："这就是你要的蛇。我的毒蛇。"

八郎说："会玩儿了，就回到漫画了。"

刚说完，一只银白色的猫系着黑色领结。翠绿的眼睛骄傲成一条缝，迈着国王的步伐走了过来。八郎得意的说："这是我的战友，面包。"

这时一个少年骑着摩托过来。十三想起来，在中央广场表演那天，从裂缝中救起小猫的就是他，被救的就是面包。这个男孩儿叫完蛋，他见十三就说："你这滑轮车不错。"

十三说："这是我的千里马。"

完蛋接着说："改天一起赛马。"说完就进了仓库。十三觉得这个"赛马爱好者"很酷。他跟着面包也走了进来，然后大家开始干活儿。十三去地里摘土豆，完蛋切土豆，八郎煮土豆。在面包的监工下，一起完成了土豆泥大餐。

完蛋说他和八郎在"金苹果赛马场"旁边的一个摩托车改装店认识，完蛋是个赛车手，八郎去改装他的老爷车。他们一见如故，相约一起骑车转山，在扑面而来的风中转着未知的路口。

然后在一个弯道的急转弯，完蛋不小心摔了车，他的左腿被打上了石膏。后来八郎陪他一起，把自己的右腿也打上了石膏。他们在彼此的石膏上画满了涂鸦，拖着这条"画作"一起走出医院。

然后在充满弹性的步调中，像买了羡煞旁人的新玩具似的又弹进了泥坑。这一对儿石膏腿让这次摔车经历变成了美好的友谊。

十三发现在这次海啸恐慌的全面入侵中，依然有些人在专心自己的生活，专心到无暇顾及口口相传的末日将至。他感觉如果是末日促成了他们的相遇，那么他祈祷这把幸运之剑毫不手软地捅向自己。

八郎把大家带到仓库二楼的一个大房间，十三环视了一周。最吸引他的是一个生着火的，用石头砌成的壁炉，壁炉的上方悬挂着半把匕首和一把银餐叉，感觉随时都可能掉进火里。再上面是由不同面具组成钟表，旁边是留声机和书柜。书柜边就是照片中挂日历的地方，只是没有看到那5个手办。

没等十三看完。八郎召集大家坐在一张铺着白色绣花布的长桌前，在烛台上点燃了五只蜡烛说："欢迎回到不在这里的家。以后，每星期五上午10:08准时来扫地。扫地就是保持卫生。扫掉那些阻碍你是你的灰尘，保持在自己的河上随波逐流。"

第一次"扫地"的游戏是"挖蘑菇"。每人分享一个自己的小故事。

十三讲了《帕夫与龙》：小男孩杰克认识了一条住在海边的叫帕夫的龙，他们成了好朋友。杰克带给帕夫很多新奇的玩意儿，帕夫带杰克一起出海玩儿。他们到的地方，国王也会出来向他们鞠躬行礼，海盗船见了帕夫也会降旗致敬。有一天小男孩长大了，抛弃了帕夫。帕夫失去了朋友，他再也不能像以前那样咆哮了。帕夫的勇敢不见了，伤心地躲在山洞里大哭起来……

完蛋问："那后来呢。"

十三说："没有后来了。当你失去一个朋友的时候，你会知道他是你的朋友。如果他再次出现，你就知道他出现了……"

完蛋的故事是，他曾经一直都是小镇"龙舟车赛"的佼佼者。在前两年的比赛中被一道突如其来的强光晃了眼，然后被那一眼砸晕在黑暗里。在高速落地的巨大冲击中，他肋骨腿骨手臂全部断裂，头发被烧焦，眼睛几乎失明。痊愈后，他忘了当时发生了什么，只是他再也无法直视黑暗，连睡觉也会开着灯。仿佛黑暗之中有个藏着怪物的黑匣子，不知道何时以何种方式打开。

八郎的故事只有一句话：原来我是孤身一人。

那一天是十三有生以来过得最愉快的一天。其实八郎什么也没做，但是对十三来说，他从心底里认定了一个事儿，他找到了活的朋友。

星期五早上，十三又又又逃学到了仓库，这里已经成为了他的新学校。

木匠正在院子里修磨坊，磨坊又老又破，被海水一冲差不多成了废墟。八郎在测量着磨坊的地面数据，对木匠说，高 38.2 米，直径 24.2 米。木匠说发现了两只虫子，八郎看到虫子后大喊："赶快杀死！"就在八郎没注意的时候，十三把那两只虫子收了起来。

磨坊旁边有个旧秋千，面包刚一跳上去，秋千的绳子就断了。八郎带着大家一起给秋千重新做了个拱门形状的架子，用七块石头在架子下做了固定，还在架子上面装饰了桂花枝。

干完活儿，十三把"奔奔"递给八郎，并讲了他听到神秘声音的经过。八郎拿起收音机，随手一调，"信号频道"就出来了。

收音机里传出一个男人在"做交易"的声音，什么"地下网购"，"老日历"，"杀掉他"，"62 年"等等不连贯的信息。但是从这些不连贯中透露出一种"不详"的感觉，并且这个不详之人来头很复杂。

八郎关掉收音机问十三：你听说过一个组织吗，他们是世界运行的幕后推手。

十三说：听过，是个古老的传说。在我们看似自然生活的背后，是由一个"不自然"的力量来推动的。

八郎说：我确信"奔奔"的发生不是偶然，"宿命"的连接是可以通过物理方式来实现传递并且下载的。每个人都有自己的频道，当没有任何指向的韵律同频时就可以接收到来自某个遥远的我们，在不同"过去"或"未来"的信号，因为所有"不同"都在同时发生，但每个此时此刻是独立的此时此刻。

十三眼睛一亮说：只能听 17 秒，那这个连接就叫做 17 秒外星来电吧。之前在海啸的报道中还有个关于彗星的传闻，由一颗大彗星分裂出的彗星群正在向 Q2b 全速前进，Q2b 星球在被吞没之前或许会先毁于彗星群的相撞。彗星的靠近干扰了磁场，磁场出现了裂痕，

加剧了地震海啸的发生。也许奔奔的连接也和磁场裂痕有关。

八郎说：你说的让我想到有那么一类非太阳系的彗星，它们是无意中闯入的不速之客。在此终生只接近太阳一次，然后义无反顾地消失进宇宙深处，永不复返。

10：08 分，伙伴们都在"课桌"集合了。八郎换了一身新睡衣，和旧睡衣时判若两人。

他拿着一块儿焦黑的石头说："每块石头都是轮回的各路尘埃混合而成的信物，是物质死亡的碎片重叠压缩的能量结晶。这些随运而安的能量曾是一座城，一只珊瑚，一位非他不可……比如这块石头就像是我的心脏，被烧焦的太阳。"

八郎继续说："再比如那些来自神话里的伟大发生都是新闻纪实。都会在平常的生活中有相对应的扮演者以其他的方式上演着，一切看上去的都不是看上去的样子。只要认得出自己，就认得出面目全非的他们，认得出表象之下唯一的真实。"

完蛋这会儿认真了起来。面包也竖起了耳朵。

"所有的内在发现，都会现身。所以，今天的游戏是……"八郎瞬间切回到游戏感。"我们捡石头去。"

这一幕，十三感觉曾经发生过。这种"发生过"就像是"梦到过"。

大家从仓库后门穿过一片小树林，瞭望塔旁边有个大门，八郎和一位穿黑色西装，戴黑色棒球帽的看门人对了暗号："没有"。

在十三眼中，八郎越来越复杂的好看了。大家继续往里走，来到一个镶嵌在山体之间的矿井，大家戴上头盔和铁锹后乘坐升降梯顺着轨道下了井。十三觉得自己就像踏进了漫画里的时空隧道，完蛋紧闭着眼睛说真的很黑，面包淡定地站在八郎身边。到了站，八郎说："大胆发现吧。祝你们能够找到火种。"

面包用探测器一样的胡须，迅速找准了一个位置挖了下去。完蛋自顾自的捡着，自信地给井里又增添了大大小小的新坑。十三闷着头不吭声，像侦探一样不放过每个可能。最后每个人都捡到了属于自己的"火种"。面包在它的石头上用爪子的刮痕画了个十字钩子，完蛋说要把石头打磨成最锋利的斧子，十三想把石头雕刻成传奇人像。

"下课了"。大家听到面包在喵喵叫，原来是有一只红脑袋的黑乌鸦飞了过来，停在了院子里。大家一起修了个鸟窝，乌鸦在这儿安家了。十三给乌鸦起了名字叫做"有没有"。它唱着：

"他接上了我的碎骨头

他说有三个就三个

心跳得像重生的玩偶

他说他是第一个"

有没有是一只特别会"唱歌"的乌鸦，十三也跟着它一起唱。这种在别人听起来的乱喊乱叫声，却是他们之间默契的语言。

夜里，十三被什么声音吵醒。迷迷糊糊中听到有人说："我也在找你。"
看了下时间，正好午夜 12 点。他起身走到窗前看到一个男人朝着窗子的方向招手，十三立刻打起了精神，仔细观察着这个人。他披着连帽的黑色斗篷，好像还拖着个旧灯箱，并且一直朝着窗户招手。
十三披上外套下了楼，那个男人对他说："我回来了。请你抽个礼物吧。"
原来那个灯箱是个旧车轮改装的转盘，十三回答说：

"可我确定不认识你。"

男人说："当暮色降临，那些从很久以前就开始的动身，将会在某个转弯之处狭路相逢。所以，指针指向哪里就拿走对应的现身。"

十三听后，便随手转了一下，奖品是一条红色手帕。这天起，十三总觉得那个黑斗篷会在某个午夜12点再来找他。不转不走。

从认识八郎开始，十三已经是逃学的惯犯了。一方面，他感觉自己正在脱胎换骨。另一方面，他心里也绷着一根弦，也许哪一天，妈妈又被叫到学校，单独开一次严重的批判会。他期待着悬在上空的闸刀随时砍下来，就此了结。因为，他认定自己踏上了梦想中那条不归路。

同时，十三正在默默地做着一件事。他把从八郎仓库带回来的两只虫子，放进装石榴果酱的玻璃罐里养了起来，用阁楼上奶奶留下的宝丽来相机记录着虫子慢慢长大的过程。

有一天，这件事被林女士在十三的房间发现了。"虫子哪儿来的？"林女士审问。

十三正想说"捡的"。结果说出的是："不想说。"

不知道从什么时候开始，他经常会脱口而出一些自己后知后觉的话，甚至这些话比他自己还懂自己。这是来自他心底的，锁不住的最真实被解放了出来。要么亲密要么没有，就是他与世界表达爱的方式。他像个花匠一样本能地清理已经枯萎的关系，扔掉了就再也不会捡回来了。

满月前一天的星期五。十三大清早就来到了仓库，有没有一下子飞到了他的肩膀上，互相唱了唱歌。

八郎和面包正在给花松土，十三走过来递给八郎一本相册说："拍了个电影送给你。"

八郎打开相册，一张张宝丽来整齐地播放着两只虫子蜕变成蝴蝶的全过程。

十三期待着八郎的反应，但是八郎没有任何多余的反应，并且扫兴地说："要记住，真正的特别是从你认识到自己并不特别开始。我不喜欢这种特别的礼物。不要对我有任何期待。"

八郎的不近人情让十三认识到，没说出来的和说了也等于没说的话才是"情话"。

这时候磨坊也修好了，圆柱型房子的底层是石头，上层是木头结构。天蓝色的屋顶，像是带了个大檐儿帽子。院子里有个已经废弃多年的老井，八郎请来石匠把井打通。井活了，又重新冒出了泉水，随着泉水冲出一些桂花枝。

八郎将桂花枝凉干后说，今天的扫地游戏是"暗光"。这些桂花枝储存了泉水的记忆，埋下这些记忆，它们将化身为地下行走的光线，然后连接其它隐形的光线。发生"光合作用"，带彼此回家，这条回家之路就叫做"暗光之路"。

完蛋顺手拿起一旁的铁锹说："埋了之后，对我们有什么用？"

八郎说："埋给别的自己，就像我们也会发现另一个自己留下的信物。"

十三说："是以后的我吗？"

八郎说："不是。是这条时间线之外的我们。比如，当平行的那些时间线发生重叠折返的时候就会彼此发现。"

八郎继续说："它们现在已经枯死了。我们把墙那边的桂花树移植到埋桂花枝的地方。这样它们就能在回家的时候回家了。"

于是，大家一起动手铲土，把桂花树重新栽种在这个回家之时的阳光下。

然后十三说："它说它醒了。"接着他用井里的泉水给桂花树解渴了记忆。

太阳快落山时，十三看见八郎在朝着落日的方向"对话"。

"你害怕吗？""我都知道了。""希望你一直很好，因为某一天我会再次见到你。""杀掉他。"

又过了一会儿说："你会再次出家旅行吗？""你在哪儿。""杀掉他。""我在。"

八郎的先天记忆里，存留着一个画面。有个身影把一个婴儿放进木盒子，送入了水中，婴儿仿佛漂流了数千年的距离来到这里。后来，他被告知他出生了，然后天就黑了。

他是个没有属性的客人，游花园的外人。他在等自己，等自己的节奏到来带他"回家"，回到旧的新原点。

等八郎回过魂儿来，他萌生了一个想法，跟大家说：从今天开始，我们的扫地活动叫做"元元烘焙"。接着捡起根树枝，在地上画了个立体正方形说："这是元元烘焙的标志，也许是一个盒子的盒子。元元烘焙的接下来已经正在发生了。我们现在只是要走向那儿。"

第二章 003001

18:09

第一节 191030

新的一天，新的天气。八郎他们在鸟窝那里忙活，有没有在鸟窝上方盘旋，看到十三走进仓库，就落在了他的肩膀上。

原来是有没有生鸟蛋了！十三捧起半透明的鸟蛋，脱口而出："这是只水晶球。"

有没有开始唱起歌来。十三说："它让我们用桂花枝给水晶球编个篮子。"

面包一下子窜上了桂花树，完蛋也跟着面包，三两下爬上了树。拨开树叶的时候，阳光从茂密的枝叶间穿过来，正好穿进十三手里捧着的鸟蛋上。十三指着从鸟蛋生出的光影对八郎说："这个图案像不像一个灯塔？旁边还有个彩虹门！"

八郎看看鸟蛋，又看看桂花树，他没说什么，一个人走到秋千前，推着空秋千来回摇摆。

完蛋和面包摘了好多桂花枝，十三编了篮子，又编了一个桂花环，想送给八郎。他们走过来，八郎说："暴风雨来了，我们要起航了。"然后转身接过十三递过来的桂花环，随手戴在了头上。

几个人围在秋千旁。八郎顶着桂花环给大家讲故事："很久以前，有个灯塔在海底，是点亮星空的操控台。每个星星都是一个坐标，给飞船的穿越导航。只要有灯塔在，飞船就不会在大雾里迷路。但是有一天，不知道什么原因，灯塔熄灭了，星星不见了，飞船纷纷迷失了方向。镇子里的人说，只要能找到灯塔，就能让飞船重新起航。但是，海底很深很黑。当你在黑暗中认识自己的时候，就能发现你的灯塔，为自己的飞船导航。"

八郎推了一把秋千继续说："比如光影的移动会为我们打开一扇不在的门。我们只是被光遮住了双眼。"

十三仿佛看到阳光在晃着，再一晃就像脱下了一层皮，秋千不在这里了。

"我们穿到哪儿去？还能回来吗？会有新的出路吗？"完蛋问。

"不知道。但是一定会有新的绝路。"八郎说。

"我们是造了穿越之门吗！"十三问。

"不。是光指引出一条彩虹大道，我们什么也没造。我们是被穿越的，是时空上身了我们。"八郎说。

随后，十三踩上滑轮车，完蛋骑着摩托，有没有飞在面包的头顶，和八郎一起走入"彩虹大道"。像魔术一样，被光覆盖了。

彩虹大道的另一边，他们迈入了一个昏暗的大厅。月光透过墙壁上万花筒般的彩色玻璃碎片照进来，洒在了窗边未燃尽的蜡烛周围。一座巨型管风琴与拱形房顶相连，布满了灰尘。中间有个停下的钟表，时间显示在 4 点 38 分。

大厅里传出一首女声演唱的歌，像哀乐一样的歌声中漂出一种过气的醉生梦死：

"我消失进了我里

消失了所有分离
在这里也未必在这里
你的眼里苍白地下着雨
你的沉默在夜里覆盖我的尸体……"

"这是什么歌？"八郎情不自禁地问。

"《蝴蝶梦回响曲》"一个白胡子老头儿从歌声中出现在他们面前，穿着一身皱巴巴的燕尾服，头戴高礼帽，手里举着个酒瓶。

"谁唱的？"八郎又问。

"梦中人。"老头回答。

八郎说："很伤感。"老头说："是的。因为不会再伤感了。"

然后他像管家一样鞠了个躬说接着说："我叫汤，是个作曲家，在这里住一辈子了……很高兴见到你们。这是岛上的管风琴礼堂，我以前演出的场所，现在已经荒废了……"

完蛋指着酒瓶问："汤先生，你是喝醉了吗？"

汤说："一位作曲家的品格就是要保持适度的不清醒。这样才能听到一首好旋律，好得就像没在播放一样。"

有没有突然飞了起来，叼走了汤的黑礼帽。汤好不容易把礼帽追回来说："这是我在化装舞会的造型。"

汤继续说："在这第 11 个月的第 11 天的 11 点，将出现难得一见的大满月，岛上要举办一场隆重的化装舞会。这场舞会是为纪念一位女公爵 X 夫人。她有着只属于夜色的不幸之美，被称作夜幕守护者。

传说那时候她会守在每个夜幕降临时，等一个没有名字的脉搏。很荣幸邀请你们来参加。"

十三问："那么，这是个怎样的夜幕传说呢。"

汤喝了口酒，开始讲述：那天，她穿着一袭白裙从月光中走来，走进了白色牡丹花中的生日舞会。然后一辆挂着金色铃铛，密不透风的黑色马车从大门经过，停了下来。一位披着黑幔帐般斗篷的年轻人，从铃声中走下马车，前来问路。之后，她给他喝了古堡地下室的泉水，将年轻人留了下来。

他们在舞会上逛了逛，他无可避免的踩在了她脚上。逛完一支舞后，那个年轻人却不辞而别突然消失了，她还来不及知道他的名字。那个金色铃铛被留在了门前花丛中的长椅上，她被这个铃声中的黑色闪电拉入了深渊。

人们说那个年轻人只是一个她梦中的幽灵。后来她每晚都会在花丛中举办化妆舞会，仿佛预示着每个夜幕都是一次重生的宴会。她认为那个"幽灵"变成任何样子回来，她都会听出他的脉搏。

所有人的目光都落在她身上，甚至国王也不远万里慕名而来。而她的目光不在任何地方，依然像是一座雕像坐在那里，不为所动。

很多年过去了，白色长裙渐渐变成红色长裙，白色牡丹也变成了红色。而她似乎无视人间准则，时光从不流逝。她游离于生死之外的气息，低垂落寞的睫毛在火焰般长裙的衬托下，仿佛一抬眼就是一个致命的时刻。

人们说她是魔鬼的女儿，吸干了那些为她而来的年轻血液，之后把尸体埋在了地下，喂给了牡丹花。这个传言成为了她不死青春的悖论，人们只看到她永驻的青春，却不会有人知道她为何而止步不前。她说某一天会降下一场由魔鬼眼泪化成的暴风雨，让一切都重新纯洁起来。

后来，她把自己淹死在地下室的水井里。留下这个梦中人的不解之谜。

有人说，就她在投井之时，古堡中曾传出婴儿的哭声。还有人说，曾看到她的管家和守门人带着一个男婴逃离了古堡。但之后也并没有在井里发现她的尸体。

再后来，在一场突如其来的暴风雨中，红色牡丹又洗回了白色。花丛中生出一座座栩栩如生的石像，就像是真人化石一般，排成倒金字塔形向古堡大门行着注目礼。一辆黑色马车停在了古堡门口，走下一位长着黑色翅膀的年轻人，顿时彩虹横挂，然后站在塔尖位置的石像化身成红裙女子向他走来，但定神一看，石像还是石像。

大家听得出了神。被带入了一种悬疑的静音模式之中。

这时，听到面包的喵喵声，才各自归位。

汤说："有时懂一个凶手要比抓到凶手更重要。"

接着，大家纷纷讨论起女公爵×夫人的内心戏。

十三说："她爱上了另一个自己，而那个自己却不能和这个她相遇。"

完蛋说："爱过的人并不是那个人。见过的鬼也未必是那个鬼。"

八郎说："她一直都听得见那个让心跳停止的脉搏，只是无路可去。"

有没有在旁边唱着：

"她说一搏　他说放下

他再来　她拿下

他提起人头　和龙对抗

她脱下七色光　换虚惊一场"

汤似乎听懂了有没有的歌声，说："她用一生等一场棋逢对手，但在交手中却发现对手竟不是对手。她凋零在生命的天涯，完全拿起才会完全放下。"然后接着说："跟我走。带你们去换衣服。"

之后，他们走出管风琴礼堂。这个满月把岛的面积衬托得非常不大，感觉一眼就能望到头。整个岛都在月光的笼罩之下，光线一直延伸到海面上。

十三嘀咕着：如果踩滑轮车环岛一圈儿，车轮儿都来不及发烫。完蛋在旁边听到了十三的话，对他说："那不如现在我们就去烫一圈儿。"随后，嗖的一声，两个人就没了踪影。

八郎他们跟着汤穿过一片草坪，然后经过一个小教堂。教堂的正门上挂着两只套在一起的戒指，套上了死结。再往上看，有个三角形的尖顶钟楼，里面挂着一个金色的铃铛。

汤介绍说："这是我们岛上的结盟教堂。每当钟声响起，就是送命的时候。因为，又有一对新人结盟了。"

"为什么送命?"十三冲过来问。

"为了爱。"汤不紧不慢地说:"这是对承诺的承诺,签订的是份生死合同。结盟前一天的仪式是,新人们要分别发出最后一封信,宣布遗言,跟这个世界告别。也就是义无反顾的给自己判了死刑。"

"如果不爱了呢?"完蛋又冲了过来继续问。

汤说:"那就请你杀了他,不要把他丢回人群里。所以结盟的时候总有人迟到,有时一迟到就是一辈子。"说完他又喝了一口酒。

八郎在旁边默许地点着头。十三感到这同样也是一场圣战的同时,他和完蛋也结束了他们的"赛马",快到没有人注意到什么时候开始的。

他们继续往前走,走到了一大片墓地。这时,有没有飞到一个墓碑上落了下来,这座墓碑上没有任何信息。面包也跟着走了过去,在这个无字墓碑下徘徊着。

汤说这里叫做"无常菜园"。然后把大家带到菜园里的一辆黑色四轮马车旁边说:"这辆马车是以前一个剧团的流动衣帽化妆间,里面有你们参加舞会所需的所有角色。请尽情挑选。"说完之后,汤又像管家一样鞠了个躬,便转身离开了。

化妆间里用一排排的镜子做了隔断,所有衣服都用牧羊人的铁钩子整齐的悬挂在隔断间,就像是从镜中被牧羊人钓出来的人皮故事。

完蛋首先挑选了一套披着黑色斗篷的狼人套装。十三感觉这些角色都太吸引人了，所以无法下手，于是决定闭着眼盲选。然后他被命运选择扮演了独眼海盗。有没有也跟着落在了这个新手海盗肩膀上。八郎果断地选择扮演僵尸医生。

面包扮成狱警，戴上了一个闪着警徽的帽子。然后一下子跳到椅子上，像是要去抓住某个逃犯，结果跳得太用力，椅子倒了。八郎发现椅子底下藏着一张旧羊皮，上面是手绘的小岛地图。有一个地方被标记了，画了个圈儿。

八郎把地图交给十三后，带着面包和完蛋一起走向了舞会。十三和有没有向地图上的标记处走去。

化妆舞会就在无常菜园举办，异样的月光从海面上泛起了云，给菜园子换装成了"无常舞池"。墓碑上装饰着黑色翅膀的烛台，点满了红色蜡烛，就像是飞舞在云层中的红色眼睛。

汤比之前显得更晕了，可能是喝了不少酒。一直在念叨着想放弃一切，去跟随流浪剧团当流浪裁缝。完蛋问他："汤先生，那你怎么不去？"

汤说："我被困在了时光的圈套里，没办法迈开脚步。痛苦的是，时间并不会让我爱上不爱的东西。"

一个戴着面纱，穿着白色高领晚礼服的女人走过来对汤说："算了吧。你已经糊涂得走不动了。"

"梅女士，明天可否借你的苹果派配方用一下，我可以用红石榴种子来换。"汤说。

"我可以第八百零五次的回答你，没的谈。"梅女士回答。

这时又传来了那首《蝴蝶梦回响曲》：
"你是一条没有出路的河流
葬在我心底反复的流
我在你不看我的时候望向你
你在有和没有之间
就这么误会下去……"

整个岛都跟随这首"哀乐"飘了起来。一个光着脚，
黑武士装束的姑娘轻盈地走进舞池。左手握着一把
匕首，右手拿着一把折扇。蓬松着的乌黑头发，把
她的脸衬托得更加苍白冰冷。
八郎和完蛋几乎异口同声的问："她是谁？"
汤说："蓼蓼，这里最受欢迎和最不受欢迎的人。她
对人过敏，对人情过敏。她说过，比活着更丢人的
事就是被大家喜欢，她只想等一个要命的时刻。"
完蛋说："特别理解那些不喜欢她的人，我要是他
们，也会讨厌她。"
八郎说："她不介意他们只是喜欢她的样子，而不
是喜欢她。问题是她不喜欢他们，也不喜欢他们的
样子。"

那边的十三根据地图的定位，确定画圈的地方就是
结盟教堂。有没有的反应也比往常更加激动，不停
盘旋。教堂周围遍布着食肉植物，镶满刺的猩红花
朵一张一合，似乎预示着他还看不懂的危险。甚至
比危险更可怕。
他们走进教堂，迎面是一条笔直的红色长毯，上面

绣着金色花瓣野蛮的绽开，点燃了红毯之路。两边是瘦高的拱形门交叠在一起，交叠中穿插着褪了色的铃铛壁画，壁画下面放着石棺，每个石棺旁都端正的摆着一把黑色木头椅子。拱形房顶和拱形门之间连接着一个个镜子碎片铺成的天窗。

走到红毯尽头是一扇铁栅栏门，里面关着一张长桌和五只蜡烛。十三感觉这个场景很眼熟。

这时有没有飞向旁边角落的一条小楼梯，十三也马上跟了过去。他们爬上了教堂的钟楼，在金色的铃铛下面看到一个残缺的瓷娃娃，再抬头一看，铃铛是空心的。十三还发现在铃铛内部，刻着一条条像是留言的记号，大部分都已经模糊不清了，这些印记就像是被记录下的伤痕。

他从兜儿里掏出一条红色手帕将瓷娃娃的头和身体重新连接在一起，然后装回了铃铛。这就样，铃铛被复活了。

这个时候，这边的八郎正走向蓁蓁。就像一片阴影正走向另一片阴影。

蓁蓁看到一个脸上缠着白色绷带，穿着破烂但合身的医生大褂的怪人朝着自己走过来。

那边十三用娃娃敲响了铃铛。教堂的钟声再次回响在小岛四周。

就在钟声响起时，蓁蓁不自觉地手一滑，手里的刀落在了地上。她心里有个声音说："我不会放过你的。"

八郎伸出戴着沾满血渍白色胶皮手套的手，优雅地对她做出邀请的姿势。蓁蓁把折扇插在了腰间，接受了邀请。不知让她无法拒绝的是这只手还是这只手套。

他拉着她的手，带着她旋转，周围的一切都跟着升了天。"要命"的时刻就这么到了，虽然她还不知道这片阴影是谁，甚至没有见到他的脸。

十三和有没有完成任务走了过来，看到蓁蓁和八郎在跳舞。他问完蛋："你怎么不高兴了。"

完蛋："她这么好，你不难过吗。"

十三："那你去跳啊。"

完蛋："不是我的悬崖怎么跳啊。"

十三："为什么。"

完蛋："摔不死啊。"

汤在旁边说昨天是蓁蓁生日，但她从不过生日。完蛋马上提议说："现在就补过。"于是化妆舞会就这样成了生日会。

八郎他们从舞池走过来，十三随手从身旁的无字墓碑上取来一根红色蜡烛对蓁蓁说："昨天是你的生日，许个愿望吧！"

"已经实现了。可能有人在昨天替我许过愿了。"蓁蓁说。

面包围在她脚下转着圈，她蹲下来抱起了面包说："我们就像是双胞胎。我们上次见面，你一定是穿着红色战袍。"

完蛋走上来问："光着脚，不冷吗？"

蓑蓑没有回答。因为完蛋这句话让她感到温暖，因为从来没有人这样问过她。

随后，完蛋一个人离开了舞会，来到四轮马车化妆间，想找一份生日礼物，但是没有找到。从化妆间出来时碰到梅女士，梅问他在找什么。他说，找一双鞋。

梅说："来，我给你。"然后把完蛋带到了结盟教堂里的一个石棺前，她坐在旁边的椅子上，说："在里面。你去拿吧。"

当完蛋正迈入石棺时，用余光扫到，梅女士也没穿鞋。但他顾不上多想就进入了石棺，里面有一双手工缝制的黑色舞鞋被钉子卡在了石棺的裂缝里，完蛋用力拔掉了那根钉子，救出了黑舞鞋。

梅女士看了一眼那双鞋子，低下了头。然后黯然地用白色礼服盖住了自己的脚。

完蛋回到了生日会，把舞鞋递给蓑蓑，她接过来试了一下说："不该有的，我都有了。很满足。"

完蛋看着她说："穿上这双鞋你也可以自由地不做公主。"蓑蓑说："假公主往往得到童话故事，而真公主得到鬼故事。"

八郎说："童话故事都没有后来，因为后来，就变成了真的鬼故事。"

面包在蓑蓑身边喵喵地表示着赞同。

生日会上，八郎拆下了脸上的绷带造型。蓑蓑见到了"阴影"的样子，她打开腰间的折扇，轻轻摇了摇黑色羽毛织成的扇面，然后对八郎说："我嫉妒你了。"

"我把匕首捡起来了，现在还给你。跟我走吧。"八郎说。

"我不走了。让这把匕首替我跟你走吧。"蓁蓁说。

从此，这把匕首被八郎随身携带，睡觉时也会放在床头。

这时，面包目不转睛地凝视着八郎，从它绿宝石般的瞳孔中对八郎提出一个要求。于是，它替他留了下来。

蓁蓁对面包说："放心，到时候我决不会把你丢在人群里。"接着，她把面包的黑色领结解下来，原来这个蝴蝶领结是由几条黑色鞋带编织而成。面包把鞋带分别送到了八郎、完蛋和十三的手心儿里，他们握住了这条如同索命绳般的誓言。

汤放下了酒瓶，平整了衣服。

十三看到他清醒了起来，仿佛时光倒流，变成了另一个人。十三明白了，地下室的泉水就是魔鬼的眼泪。

当他们准备从岛上离开的时候，汤把教堂钟楼上的铃铛摘下来送给了八郎。

有了这个警钟，他就不用担心会与不幸擦肩而过了。

第二节 02590911

钟表的分针刚刚跳过 10:08。十三感觉一切都不一样了，因为他不一样了。

不过世界本身也确实不再一样了，随着彗星话题的兴起，人们已经无路可退地去面对自己相当过时的冒牌人生。大家怀着复杂的心情，讨论着除了听从被灌输的概念，别无他法。

这个星期五，完蛋受邀参加马戏团的飞车特技演出，演出地点就在东方集市。八郎开出一辆看起来很久没用过的红色皮卡，依然是很精致很颓废，很八郎。十三兴奋地带上他的宝丽来跳上车，然后，卡车以磕磕绊绊的速度冲了出去。

他们一直冲到东方集市附近的停车场，感觉已经快散架了。这时碰到两个黑衣男人搬着一个大箱子从他们身边经过，走向旁边的金苹果赛马场，其中一个黑衣男人看了八郎一眼说："小心点儿。"

接着，他们来到集市的中央，看见了红白相间的大棚子，在门口手绘的广告牌上写着《以路为家马戏团》，旁边还有个倒着旋转的留声机。两人兴致勃勃的买上爆米花和棉花糖走进了马戏团大棚。

里面一个穿着灯笼裤的魔术师正模仿着大自然的把戏，他摘下魔术帽变出一把真理之剑，然后把剑吞下，又从喉咙里喷出火焰，火焰变成一条咬住自己尾巴的蛇盘在了他的额头。

十三边看边往嘴里塞着棉花糖，嘟嘟囔囔地说："如果一位骑士身上中对了剑，也会喷出永恒之蛇的火焰。"

八郎顾不上回复十三的话，举着爆米花说："飞刀轮盘开始了。"

金色雄狮含着一把智慧的钥匙，拉着轮盘，轮盘上绑着个穿白色长裙的女人，对面站着一位穿红色套装的男人，他的头顶是一圈光晕。灯光暗下来，男人用一块黑布蒙住了双眼，从腰间像舞蹈似的掏出一把匕首。此时敲响了鼓点，轮盘随着鼓点转起来。十三从棉花糖中抽身出来，周围鸦雀无声。

接着"嗖"得一声，匕首落在了白裙女人头顶处的轮盘上。紧接着是一连串"嗖嗖嗖嗖嗖…"的声音，另外四把匕首也都做出了明智的选择，准确的落在白裙女人周围，在轮盘上连成一个红色六芒星。

灯光在此起彼伏的掌声中亮起，男人走过去从狮子嘴里取出钥匙，把女人从轮盘上接了下来。

然后是完蛋的特技表演，一位蓝色头发的骑士驾驶着只为凯旋而来的蓝色战车，在一个浑天仪般的镂空球体赛道中飞檐走壁。他尽兴地碾过光的重量，收割时间的形状，像是一束在赤道上肆意妄为的人间鬼火。

十三用宝丽来拍下了完蛋的照片，他拿着照片对八郎说他拍到了没有颜色的极光。照片中一束蓝色越来越亮，亮成虚无吞没了周围。

完蛋演出完毕走过来，十三迫不及待地对他进行了"采访"。

十三问：放纵在这种自由中你不害怕吗？

完蛋回答：我只是在不自由和不自由之间选择了不留余地。我热爱驾驶感就像热爱某个非她不可。如果我却步，那是出于一种礼貌，其实就是在表示我毫无兴趣。

十三问：你觉得会有人为你收尸吗？

完蛋回答："出生"是一个广告，我不知道别人都是怎么相信的。所以假如我死了，也一定是听说的。没准儿就是听你说的。

十三问：有什么事会让你受伤吗？比如真的遇到一位非她不可。

完蛋回答：反正都是不幸。区别在于有我参与的不幸或是没有我参与的不幸。

十三问：你是在自杀吗？

完蛋回答：我是在谋杀自己。谋杀了所有危险。

十三说："就是爱听你说话。虽然你说的我都不同意。"

然后几个人傻乐在一起。

他们走出马戏团时，十三看到右手边的角落有个盖着红布的笼子，他从红布的缝隙中感到笼子里有只眼神正在盯着他。他拉着大家一起走过去，轻轻地掀开红布的一角，笼子上方刻着："我现形。你命名。"

笼子里是一只黑色猫头鹰。它的翅膀是天空中的白色，空白中都是眼睛，每个眼神浮着一艘荡着火焰的船。于是，他们三人都"上了船"。

十三和完蛋一前一后放哨，八郎迅速用菱菱的匕首撬开了笼子。猫头鹰在他们头顶盘了个圈儿，把火焰洒在了他们的肩膀。

后来，十三带着他们直奔"伴我同行武器装备"。一个胖女人在柜台里织着毛衣。

十三问："掌柜在吗？"胖女人继续织着毛衣说："我就是。"

十三说："那带我们去二楼。"

胖女人抬眼撇了下十三，又撇了下八郎和完蛋说："我们家可是祖传的店，东西都很贵。"边说边放下手中的毛线，走出柜台，不情愿地带着他们上了楼。

他们走上又高又陡的木楼梯，十三看到胖女人拉开红色牡丹花的门帘子，他心想也许是自己错记成白色牡丹了，再看到屋子里也比上次富饶了许多。

没有被拆开的花色礼盒散落在一个大梳妆台周围，梳妆台上堆放着形色各异的珠宝，还有一堆瓶瓶罐罐和一把纸牌。

八郎随意翻了翻古董娃娃书，完蛋拿起一件红色睡袍看了一眼。然后十三定在一排玩偶面前，一共是13个不同残缺的娃娃，每个都被编了号码。最后一个是少了只眼睛，脖子开线的小熊。

十三拿起小熊说："我要它。"

胖女人说："这个不卖。"

十三突然放慢了语速说："我以前来过这儿，每年都来两次。之前的掌柜，也就是现在这个掌柜的爷爷还都会送我礼物呢。"

八郎知道这是十三的另一个自己在说话，于是八郎接着说："这样吧，我用这枚金币付款。"说完，八郎从兜儿里拿出一枚琥珀色的金币递给了胖女人。金币的一面是圆形图案，一面是方形图案。

胖女人先是愣了一下，然后说："那我把小熊给你们修补好。"

十三说："不用。我就是要这个它。"
完蛋从梳妆台上的礼盒里，拿出一个镶嵌黑石头的心形盒子吊坠。打开盒子是相对的两面镜子，又用黑鞋带将这颗心挂在了小熊的脖子上。他说小熊会见到一位镜中镜中人。
后来，十三把小熊带到阁楼上的"空间垃圾站"。他坐在缝纫机前，找出篮子里的针线，细心地把小熊脖子开线的部分缝补好，又把烛台边奶奶项链上的一颗珍珠摘下来给小熊做了眼睛。
起了个新名字，"如意"。

17 秒外星来电和光影移动事件的发生，让八郎确定了他感知里的那个重叠之时到来了。他要找到在

"折返"中现身的平行者们。在这时将发生时空重置，之后又会重新回归于平行，他和"他们"像外太阳系的彗星一样天各一方，错位在时光里。

八郎准备发一个征友广告。他在报纸上用了一整个版面刊登启示。

《幸运馒头派对邀请》

请带上你的直觉、馅料、面具和厄运。

你有自己的玩儿法吗？

你死得起吗？

来吗？

落款：一个朋友

派对地址：元元烘培

本来以为在这种水深火热的时候，没人在意这种无聊的事情。可也许正是因为无聊，所以这个事儿特轰动，全镇人都在谈论着这个看不懂的"无聊"。

星期五早上，一个戴礼帽挂着拐杖的男人，拎一个黑皮箱，出现在仓库。他拿着一张刊登着派对邀请的报纸找到八郎说："我来了。"

八郎回复说："欢迎光临。"

男人进屋坐在壁炉旁，八郎端上来两杯咖啡。男人从黑皮箱里拿出了一对钥匙递给八郎，一把钥匙上刻着孔雀图案的印章，另一把钥匙上刻着狮子图案的印章。然后开门见山地说："我是周五，鬼伴儿基地第 54 任主席。"

八郎看着周五说："我见过你，你是小镇的古董商。金苹果赛马场搬箱子的黑衣人，送信的邮差也是你。

你应该还有无数个身份。"

周五说:"就像灰尘,无处不在。"

然后他接着说:"鬼伴儿基地从成立开始就在执行一个《7 号盒子》的计划。每一任主席都在接力着推动这个任务,他们已经走过了几亿万里的时长。我的拐杖已经证明我走不远了。"

八郎喝了口咖啡说:"这个计划跟我有什么关系?"

周五说:"你已经在计划中了。并且,你的暗光之路也在我们的计划中。"

说着又从黑皮箱里拿出电脑,屏幕上显示着一个白色魔方在互相吞噬着生长。

"这是鬼伴儿基地。7 号盒子从这个基地起飞。"周五喝完手中的咖啡继续说:"所有可见的存在都是能量场的合成,而所有能量会自动守衡。每当进入末日重启,总会有一只盒子,承载着提前被选中的那些种子迁徙。只有活着知道自己"死"了的人,才是"真人"。只有他才能找到这只盒子。"

接下来,命运将会带领八郎去揭晓"孤身一人"的原因。

10:08 的扫地时间到了。八郎把坐在壁炉旁边沙发上的这个男人引见给大家:"这是周五。一个可靠的不详之人。"

十三马上认出周五:"你是那位在全蚀维修中心让给我的号码,还是那位野火烧不尽。还是,还是那个目光!"

周五犀利又亲切地看着十三说："我老了。这次欠你的，下次还。"

完蛋说："你是漫画小说里或是电影里才会有的人，你似乎就不应该坐在这。或者，这里就是你的电影。"

周五笑而不语，保持着他一如既往模棱两可的态度。

八郎摇了摇铃铛说："派对时间到。"

小分队来到一个四周都是落地玻璃的大堂，外面是层层叠叠的烟雾。他们听到从大雾深处传来一阵阵轰炸的声音，这个"恐袭"的声音越来越逼近，周围的玻璃也在被这个声音所震动着。但是只有声音，看不到任何画面。

这时，有个穿着深色军装的寸头男人，从一扇红色和青色羽毛花纹的屏风后面走过来。他眼中的信念仿佛在说着，他在踏平了所有荣誉和失败之后再次坚定地踏向回归，他的每一步都在兑现着这个在归来之前就许下的诺言。

他说："我是老鹿，欢迎来到 21 世纪尽头酒店。入住客房前请各位填写宾客登记核对身份。"然后递给了每人一张登记表，上面只有一个问题："我是？"

十三刚准备下笔，完蛋就已经回答完毕，他在"我是"后面写了一个"0"。

十三看了一眼肩膀上的有没有，写下了"没有"。

有没有用爪子印了个红太阳。

八郎画了个黑色的圆。

老鹿确认了他们的身份后说，这里正在被巨大的无形的恐惧所侵袭，每个人听到的恐袭声音是不一样的，因为那是来自人们内心深处的哀嚎。这种恐袭游戏会一再重复，如果谁回避生活的风暴，就还要重新被召回。直到他们学会对求而不得欣然接受，学会直面理所当然的失去。

他留守在这里给那些眼里依然有火的人，提供一个冲破迷雾的游戏空间。因为那些最值得被高兴的人，从没有高兴过。

这个酒店是一家"兑现梦想"的赌场，客房就是不同项目的游戏室。如同"生命之神"将生命体投放在不同的星球监狱，然后对那些真诚勇敢的生命就像对待最宠爱的孩子，允许他们拥有自己的生活方式，这个特权就是他们获得的终身成就奖。

然后，老鹿带他们到客房参观。他们先是进入一个"再生电梯"，老鹿说乘坐再生电梯后的风险很大，因为在每一层的挑战中都要经历不同的世界之战。比输赢更重要的是考验为了梦想可以付出的智慧和魄力，只有真正的勇士可以活下来。

当然也可以逃跑，但逃兵将被滞留在他逃跑的胜地，堕入无期徒刑。并且说在他们之前来的几个人从七层掉下去，回头无岸了。

接着，大家走进一间很古老的豪华套间，每个房间都有一个通向不同走廊的大门。大家一致选择了其中的"厄运游戏"。

这个游戏的玩儿法是翻转卡牌，赢取筹码。翻的越多，赢的越多。卡片中有一张厄运牌，在摸到厄运牌之前随时退出，可以拿走之前赢得的筹码。如果摸到厄运牌，不但会失去之前所有筹码，还会招来杀身之祸。

老鹿说："你们准备好迎接厄运了吗？"

几个人相互示意，有没有唱着歌。老鹿便走出客房关上了门。

厄运游戏需要连赢9关才能通过。他们在第6关摸到了厄运牌，游戏失败了。突然，房间里拉响了警报。不知从哪里冲出来四个戴着猪脸面具的杀手，面具狰狞凶猛的龇着獠牙，看着毛骨悚然。

有没有也加入了战斗中。八郎提醒大家："我们在玩儿游戏。你对猪的认识是什么，就和什么玩儿，就是要用自己的玩儿法战胜他。"

十三把猪当成存钱罐，给猪面具杀手背后的口袋里塞进硬币，果然这个人就消失了。完蛋找到了一个孙猴子的面具戴上，和猪杀手成了师兄弟。

八郎伸出手朝着猪杀手画了个圈儿，就像挥了挥魔杖，然后在空气中打上了扣儿，驯服了他。有没有撕下了杀手的猪脸面具，然后他被自己平凡的真面目吓跑了。

然后他们打开房门，走进一条走廊。走着走着就走入了一个干巴巴的植物迷宫，周围尽是干枯的树篱。大家找不到出口了，迷失在一群"干尸"的天罗地网里。

同时，"干尸"也嗅到了他们，突然间躁动了起来。迷宫开始移动，距离变窄，植物之间勉强留有一人宽的间距。他们看到在张牙舞爪的树篱中挂着残留下来的肉，这些肉就是在证明着走不出去的下场。八郎意识到要在这些混乱之中，连接出一个图形，这个图形自然会显示出口。接着告诉大家；合并"同类色"，找出树篱之间那些看不见的完全凭空的相似性。

十三说："这是个人的测试，需要每个人独自通过。"

完蛋接着说："这个设计就像是在暗示，无法和自己相处的人，和任何别人都过不好。"

最终，他们每个人都找出了"干尸迷宫"中不同的灵魂通道。

他们走到之前的酒店大堂，瞬间置身在一个全息战场。有没有高声唱起战歌：

"那个大魔头对花草低头
镰刀背后升起一道彩虹
他用画笔把黑夜播种
骑着白马将人骨踩入尘土
光线从死室中回升
一切热切成为他的侍从
于是 他为自己复了仇"

伴随着歌声，一架军机在敌军上空被防空武器击中，冒着浓烟。一位战士背上唯一的降落伞被推出机舱外，而把他推出机舱的战友，直面触地轰然坠落。

老鹿容光焕发成一位少年士兵，走过来对八郎说："记得吗，我们曾一起唱着歌，为了共同的信念，毫不犹豫地握住死神的手投入了战斗，就像握住情人的手投入到舞会中一样。"

八郎顿时热泪盈眶："当时的情景对于我来说就像是一碗熔浆从心尖儿上浇下来，让热血得到了解脱。就算是在任何的未来，我都会毫无愧疚的跪下来去庆幸活过这个绝对的万劫不复的时刻。"说完，一把抱住了老鹿。

十三和完蛋在旁边被这种激情感染，不自觉地流着泪。

老鹿看着他们说："个人的进化和这个世界一样，总是需要等到刻骨铭心的灾难光临，才能召唤内心的英雄出场。击碎世间的地狱，如同击碎自我的腐朽。然后站在新的风中，拍一拍铠甲上的灰尘，抬起沾满血渍的脸，对自己谦逊一笑。"

完蛋说："我应该继续趟着脚下的泥泞，去迎接剧烈疼痛的热浪。我应该更加死心塌地的做个直追真实情感的人，禁得住伤害的人。"

十三说："牺牲从不伤人，就像爱从不伤人，是那些假装伤了人。为了效忠内心，我接受暴烈也接受暗无天日。我不要做命运的主人，我要做命运的朋友。"

老鹿又变回老鹿说："世界不会更好也不会更糟，祝福你们可以生活得更有趣。"

他们走出了酒店之后，大雾消失了，恐袭的声音也消失了。他们来到海边的渔船市场，渔船从海里捕鱼靠岸，渔夫正往岸上搬着一筐一篓刚打捞上来的鱼虾螃蟹。

市场旁边立着个雕像，一位船长举着望远镜眺望远方。十三他们刚靠近渔船，有没有就飞了出去，落在船长雕像的肩膀上大声唱歌。

一个拄着拐棍儿，站都站不稳的白头发老太太正在跟渔夫讨价还价，听见有没有的叫声，生气地大喊："下来下来！这只红脑袋的怪乌鸦！"

旁边一个瘦得像竹竿的老太太也加入了讨伐有没有的队伍："快走开！我们的船长不欢迎不吉祥的鸟！"

这时，完蛋凑过来问："这个船长雕像是谁？"

瘦老太太说："你连 K 船长都没听说过？"

完蛋摇摇头。

瘦老太太忽然间容光焕发，好像年轻了一大半儿。她正要开口讲船长的故事，拐棍儿老太太不但能站稳了，还迅速地出现在完蛋他们面前，抢在前面说："这个故事，没有人比我更知道了……"

瘦老太太连忙说："是我先说的……让我来讲！"

完蛋在她们七嘴八舌的抢话中，勉强听懂了这个船长故事。

很多很多年前，K 船长是这片海域最有名的船长，他既英俊又慷慨，受到岛上所有人的欢迎。不幸的是，船长在一次远航后再也没有回来。关于他的故事流传着很多版本，有人说他死于一场暴风雨，有人说他死于一场决斗，还有人说他变成了石榴树，没有人知道当时发生了什么。

K 船长曾在岛上埋下了一件宝藏，但至今也没人能找到。传说只有在船长雕像旁开一场伴随着钟声的音乐会，并由一个人唱出船长的心声，才能让 K 船长开口，讲出宝藏的藏身之处。

站在旁边的八郎听到"钟声"两个字，拿出兜儿里的铃铛说："钟声有了，乐曲就是《钟声》，唱歌的人在哪儿？"

十三正在想有没有能不能唱，完蛋突然说："我唱。"他完全没想到完蛋还会唱歌。八郎说我们今晚就举行这场音乐会。

等月亮升起在西北 30 度，大家围在 K 船长雕像旁边。有没有拍打着翅膀，十三踩踏着干树枝，八郎摇着铃铛，完蛋在这首《钟声》里"唱"出了内心最隐秘的声音。

"一个夜黑风高的暴风雨，我们的船触了礁。我在船舵处被海浪打晕，当我醒来时躺在甲板上，船正在下沉。我在绝望中寻找我的三个战友，但是船上只剩下我一人，救生艇也没了踪影。船长被战友抛弃，含着悲愤葬身海底。可他的目光却始终没离开过那座古堡的驿站……"

完蛋的眼泪不由自主的淌了下来。

他在歌声中想起那次"龙舟车赛"的事故，他被一个犯规的队友撞出场外，当时他的队友并没有救他而且得了冠军。那道强光是来自他潜意识中的冲击，他觉得比黑暗本身更可怕的是游戏精神被人心浇灭后的黑暗。他无法直视黑暗，是因为他无法直视黑暗中那些丑陋的现身。

十三说："如果船长的战友没有救他，他怎么会躺在甲板上。他怎么知道战友不是先他而死……"

K船长的心声就是完蛋的心声。完蛋明白了，没有完整的真相，就像没有完整的视角。而每一个不完整并不是其它不完整的一部分，视角不同，故事就不同。

他释放了黑暗中的"黑匣子"，与丑陋和解，因为他同时也释放了对于人心的希望。底气十足的说："人心就像拆盲盒，不知道最后给你背上的是降落伞还是炸药包。无论是什么，我都背得起。"

十三也明白了，每个人的内心都有个魔盒，里面关着一只叫做"希望"的怪物。每只怪物的样子，就是每间囚牢的样子，怪物的哀嚎就是恐袭的哀嚎。

接着，他们根据船长所示，顺着望远镜的方向找到了一座灌木城堡。但是翻遍了灌木却还是一无所获。这时，八郎看到灌木城堡边的亭子说："亭子就是驿站！宝藏在驿站里！"

最后，他们在亭子里的一块儿石头下面得到了一张网格乐谱。

十三看着乐谱，他感到像是音符交叠出的宇宙，或像是宇宙交叠出的音符。总之，在这张网中正演凑的"交叠"才是宝藏的意思。

八郎把铃铛绑在亭子顶上，将K船长的《钟声》留在了驿站。完蛋说他决定从这里再次出发，继续做他的亡命追梦人。

八郎对他说:"有时候那些帮助你毁掉生活的,是另一种英雄。祝浪子不回头。"

完蛋含泪拥抱着八郎说:"千金不换!"

十三把他的滑轮车交给了完蛋说:"你的龙舟。假如有一天你人仰马翻,我一定会通知你,你的死讯。"

完蛋说:"等你。"

有没有犹如一轮红日,落到了完蛋肩膀上跟着他一起驾驶着这艘独一无二的旧"龙舟",**重新起航了。**

第三节 50801991

今天《地下网报》的头条新闻说，在这次地震中出土了一座女王雕像，而这件文物的石材并不是来自于这个世界的。所以，曾经盛传 Q2b 星球发生过人造末日的假设又再一次推断是被官方掩盖的事实。那是精神世界的爆破，一场精神坍塌的大洪水，造成集体"失忆症"。

并且在上次末日之前，Q2b 星球原本是由六座大山相连而成。然而由于地壳发生移位，流失了一座大山。人类也像流失了一座大山一样流失了天然的智能和直觉，从此人性抗拒觉知，因为人们恐惧觉知带来的改变。所以大家开始预言只有再一次的末日洗礼，才会重现那个消失已久的新世界。洗礼从来都不是为了唤醒，而是为了淘汰。

周五对八郎和十三说，"下西洋"的时候到了。他们将要离开元元烘培，去往鬼伴儿基地，那里有人正在等着他们。通往基地的入口就在全蚀维修中心地下三层的车库。果然，这家电子医院也是鬼伴儿的地盘。

离开时，八郎从元元烘培只带走了秋千下的七块石头。他开着红皮卡带着大家出发了，卡车发着噪音冒着烟，颠簸在公路上。

周五挂着拐杖和十三站在卡车的后斗。十三隐约中感觉到后面似乎有车在跟踪着他们，他用宝丽来记

录着这个隐约中的感觉。他和周五说这是一种"窃
听"。

周五说:"这是间谍的天赋。"

接着,十三把他的双肩包打开说:"这就是我间谍活
动的锦囊。"

然后拿出一根鞋带说:这是传递情报的数据线,在
不同鞋带上用不同的打结方法,记录密码。还有加
密的彩虹鞋带编织法,犹如魂魄附在重叠时空之中
折返的蝴蝶。这是超先进的交流方式,一旦破译,
便生生不忘。

又拿出一条白色手帕说:这是战袍也是翅膀,首先
捕获能量,获得电和光,它就可以分身出不同的保
护色,然后在反射光线中隐身或现身。

接着拿出一个橡皮筋套在手上说:它可以在手指上
折叠世界,折叠出一个循环能量形成的能量罩,不
可见的形象就投影在这面"照妖镜"上。

这时,十三的另一个声音说:"一切实物都是象征体,
自己看到什么就是什么。我看到的对你来说可以是
错的。"

周五感叹到:"在被量产出的聪明人中,只有傻瓜知
道爱是什么。"

刚到达全蚀维修中心,外面就下起了大雨。

他们从地下车库来到一个用木盖挡住的井口通道,
搬开压在木盖上的石头,走了下去。然后,八郎用

孔雀印章的钥匙打开了通道尽头的门。接着，大家坐上了一辆胶囊型无人驾驶的地下列车，经过海底隧道来到"西极站"。

一出站就看见一棵硕大的石榴树，树下有个卖小吃的老太太，她的小吃店是个带轮子的白色抽屉柜子。柜子的上面放着一个投币箱，写着"自定价格。自觉付款。"

十三他们走过小吃店的时候，老太太对着他们说："刚刚入库的新鲜大红石榴，万年一遇，买个尝尝鲜。"

八郎给每个人挑了颗石榴，然后把兜儿里所有金币都放进了老太太的投币箱。

再往前走，四周逐渐被高墙围住。接着看见一面旗帜，底色是红和白，中间是黑色的太阳。然后看到一个亮着灯的白色房子，一扇很窄的月亮门。八郎用狮子印章的钥匙打开门，房间里面空荡荡的，挑高的弧形房顶，白色的砖墙，正中间摆放着一个金色落地浑天仪，对面墙上挂着一幅穿着深红天鹅绒礼服女人的肖像画。

周五带着大家走下右手边螺旋楼梯，来到一个冒着红色光晕的实验室，光晕中尽是几世纪前的味道。

一个白胡子老头正在追着什么东西来回跑，他喊着："别跑，回来！"然后老头儿制服了它们，捡起那几个滚在地上的石头，像宝贝一样紧紧抓牢，生怕它们再逃跑。

接着，周五把白胡子老头介绍给他们："这是老爷。他是地下王国的主人。"

老爷说："这间实验室是我的"猩红车间"，在这里可以造出大千世界。"然后一眼看到小熊，对十三说："好手艺。"
十三说："它是如意，以后就把它托付给你。"
老爷回复说："好名字。"

老爷在他的"车间"里抱着白玩儿一场的心态，完成过很多机密实验。他说生命是由梦组成的，梦是由公式组成的。所以趁着有梦，尽力破碎吧。这一切虚无中的过人之处，不过是在于选择哪一种虚无而战斗。
十三发现，能激发起别人的疯狂才是真的疯狂。
老爷又说到个更好玩的事儿，造 7 号盒子的"盒子"。
然后对八郎眨了眨眼说："生命带你去哪就去哪。"

周五安排大家在这座房子里落了户。八郎从围墙外面移植了几棵桂花树，埋在了院子里，十三给树浇了水。然后大家在旁边做了个秋千，依旧用那七块石头固定在秋千下。八郎住在了鬼伴儿的阁楼房间，阁楼上有个半圆形的小窗户。每天他都会在夕阳降临时点燃窗台前的一根蜡烛，代表"我也在"。

八郎提出把挂着红色礼服女人肖像画的大厅改成了新的会客厅。他的话依然不多，依然喜欢独来独往。几天后，周五带着十几个人带来基地。大家在会客厅的长桌前纷纷落座，这是他们来到鬼伴儿后的第一个正式会议。

原来，这11位陌生人是基地的各界元老，掌握着Q2b星球的资源命脉。十三观察到，那些人随着身份的切换，立刻进入角色，难怪他们看上去都是走在大街上会随时消失进人群中的"平常人。"同时，十三也了解到，这个组织以及任务都是八郎将要继承的。周五这些年来根据一系列的指引，找到继承人，成为鬼伴儿基地第55任主席。

桂花树开花的这一天，八郎和十三继续着7号盒子的任务。

他们迈进一个没有任何光源的漆黑地方，周围寂静到令人产生幻听。十三从双肩包里拿出手电递给八郎，然后他们开始查看四周。这是一个堆满杂物的长条形屋子，一面墙的地上堆放着深蓝色的旧箱子，有很多红灯笼凌乱地散落在箱子上。十三数了数一共21个。
"这么多灯笼，要是能点亮就好了。"十三说。
"灯笼里没有心儿，点不亮。"八郎说。
八郎在角落里看到一些舞台道具，还有一台放映机以及发电机。接着又依次看到五间演员更衣室，其中两间带有化妆间。"这里是剧院的后台，我们去前面看看。"八郎说。

他们来到剧场区。在一片腐朽味道的笼罩之下，木地板只呀作响。褪色的红色地面上铺满了从屋顶脱落的墙皮，像撒下的白色花瓣。两边走廊上是半圆形的磨砂玻璃窗，在裂开的碎玻璃间补上了蜘蛛网。这是个能容纳几十人的的小剧场。8 排座椅，每排7 个座位，红色缎面椅子被焚烧成紫红色。座席之间有着超越常规的倾斜度，像一座陡峭的悬崖。依然可以感受到在物是人非之前的险峻与精美。

十三看到八郎走到第一排正中间的椅子坐下来，就像是一位流浪的王子回到了座位，等待表演的开始。

也许是因为这里曾经历多次被废弃的原因，整个空间显得格外苍凉。

舞台正后方从四处透风的天顶落下一块投影布，投影布靠左边的部分破了一个巴掌大的洞。红色的大幕拉开一半，预示着有一场戏正准备结束，或正准备开始。但似乎更加不幸的是，这出戏被安排到另一个时空舞台继续上演，而这里被安排在永久的暂停。

接着，八郎找到了一叠手稿，正在翻看。

"是什么？"十三问。

"好像是一部分日记。"八郎说着把手稿递给十三，是几页用铅笔写的潦草字迹。十三站在舞台中央，正经八百地念起来：

6 月 21 日。我们乘坐"366 号"降落在岛上，岛上漆黑的连月亮也不愿意来。我对史蒂芬说：怎么选了这个鬼地方拍电影。史蒂芬说："没有电影这回事，我们在还原一部真实的鬼片。这里是个活地狱，关在这里的鬼魂都很长寿，据说他们会流连在黑暗的人间旷野数万年，在痛苦的感召中无法出离。"

6月29日。我们竟然找到了阿道夫土豆先生的遗物。没想到遗物居然是……"后面的字看不清。"十三说，然后他继续往下念：它们一闪一闪地跳动，像不灭的火焰。这让我想到了史蒂芬念叨的那些皮囊中不再有生命之光的活鬼魂，他们被注定捉空不得的光芒用以穿刺之刑，那道诱惑之光凝结成一根长刺，逐渐刺穿他们的身体，将他们钉在完全的荒芜之地。

7月30日。今天拍摄女主角落水的戏。我也同样被浸在冰冷的海水里，像是有千万根针扎进身体。传说这里有一种蓝色海妖，它们专吃那些心口不一的海员。然后被肢解的尸体被冷风一吹，伤口又重新愈合，再被肢解再愈合……就这样变为无法死去的活鬼魂。

X月x日（看不清）。我们从灯塔下到水底，我们的计划虽然失败了，但是……（后面字迹模糊）

5月25日。今天有一场高潮戏，我不确定能不能完全投入：我被从冰水中打捞了上来。终于找到了她，但她已经死去很久了。墓碑上没有任何信息，但我知道是她……

"后面的字被划掉了。"十三说完继续念：我已经杀光了一切羁绊，但依然不能和她活着见面。我此刻应该是锥心的疼，但是男主角没有心，应该怎么演？我打算找史蒂芬对一下戏，他和保罗这会儿应该还在船上。哦天哪，暴风雨要来了。

"日记就写到这里。"十三说
"看样子导演是在拍一部纪录纪录片。我们去外面看看。"八郎说

他们走出剧院，是满目荒夷的旧岛屿。从暗淡的月光下看到，剧院是一座由青砖盖的两层建筑，因为年久失修墙面已经脱落发黑。门前石阶上有四根石柱，上方是几个生锈的字《平常剧院》。
剧院西北方向的海面上，露出一座半沉没的圆形石塔，爬满了枯萎的常春藤。另一边有棵几人高的老枯树，七个树干朝着四面八方伸开。
他们走到海滩边查看，夜里的大海深沉得过于阴气森森。有一艘小船停靠在岸边，船上有一只浆。
十三看到一个老态龙钟的背影坐在沙滩上，她用手捧起沙子装进小水桶，装满后又把沙子倒出来，再装满再倒出来，反复地重复着。
这个婆婆一看见他们就拎起小水桶走了过来，她戴着眼镜，脖子上挂着一个写着姓名和住址的牌子，马尾辫子上好像有个蝴蝶结。十三感觉，婆婆身上有种莫名其妙的感觉，她以为自己是"别人"。就像

是在一个设计的"梦游"中。

婆婆说她叫派。但她挂着的牌子上并不是这个名字，要么是她在撒谎，要么牌子不是她的。但八郎并不介意，也没有追问。

然后派被光诱惑着，跟在八郎身边。像说梦话似的告诉八郎，她有一条叫"闪电"的小鱼，后来小鱼走丢了，还说那个小水桶就是它的鱼缸。

过了一会儿，十三发现派不见了。接着，他们看见几十米外的海面上有一条小船在往远处划行，派在船上划着桨。八郎冲过去，一迈入黑色的海水，他打了个寒颤。对于黑水，他有种本能的恐惧。但只停顿了瞬间，便跳进海，朝着派游过去。

八郎游到船边，一只手扶住小船问："为什么划船下海？"

派小声说："刚才我看到闪电了，我去追它了，一直追到海里。"

这时，八郎看到派的头发被海水打湿了，那个辫子上的蝴蝶结顺着头发化开了，原来蝴蝶结也是她自己画上去的。

八郎感觉到她已经习惯活在自己编织的滤镜中，自欺的镜片像滚雪球一样越滚越厚，当以为就快要滚成弥天大谎时，一切都会消融在时过境迁的空中。

接着，有个像是桅杆的东西露出海面。一面黑色三角形的旗子飘了过来，八郎捡起来，依稀看到旗帜上留有红色花瓣的痕迹。他又潜入水下，之后带上来一个密封箱。

等他们回到岸上，打开密封箱，里面有一盘电影胶片。"我在沉船里发现了这个，那个拍摄组曾在岛附近发生过海难。我们去剧院看看胶片里拍了什么。"八郎说。

大家回到剧院开始观影。派屏住呼吸，不敢出声。大银幕上正演着摄制组最后的画面。

镜头里，一个穿着白色长裙的女人趴在海里的半个木桶上。有人喊："卡！"镜头没有关闭，对着一个戴红色帽子的男人，给了他一个大特写，投影布上的窟窿正好对准他的左眼，像个独眼龙。

摄影的人说："史蒂芬，感觉怎么样？"

史蒂芬说："暴风雨要来了，抓紧时间再拍一条。"

画面切黑，下一幕是暴风雨中船沉的画面。海里的白裙女人被浪冲散，消失在镜头里。

紧接着船剧烈摇晃。史蒂芬喊："迈克尔，稳住船舵！"（迈克尔就是扮演男主角的人）他紧紧握住船舵，一个海浪打过来，迈克尔倒下。

史蒂芬冲着镜头喊："保罗，你在做什么！快过来！"摄影机没有关，镜头晃动着移动到船舱里，水不断淹没船舱，史蒂芬把昏迷的迈克尔抱到高处的甲板上。

"救生艇呢？！"史蒂芬喊着，然后他对着海面大喊："眼镜！眼镜！"

镜头移动到海面上，一艘小船正向远处的海面划行，船上有一个身影，在暴风雨中越划越远。这时候，画面切黑。

"还有一个人！"八郎说："船上一共有五个人。"

电影院里突然响起派的大哭声，声音越来越大，哭得撕心裂肺。派把眼镜摘了下来，等缓过来后说："我以前总做同一个恶梦，有一艘大船沉没，我乘坐小船逃跑了。那个梦太可怕了！后来我就忘了。"派说完紧紧抓住八郎的衣服说："我再也不离开大家了！"

八郎没有回答。他看出了她的恶梦就是她的现实，是她摘掉眼镜后，拒绝接受的陈旧现实。她躲在过滤镜后，过滤着自己的真相，把自己模仿成一个个幻影，用这些幻影去追逐着别人的影子。讽刺的是所有别人都清楚她的"秘密"，而只有她自己不清楚。大概这才是"孤独"的意思。

她恨不得那些闪光之身不得好死，因为那些闪光是她窃取不了的东西。

后来，八郎让十三他们留在剧院，他去了石塔。石塔顶部的铁窗从里面锁死了，从外面打不开。八郎跃进了海里，去找找看有没有其它的门。

他潜入水中，找到了石塔侧身的一扇小门。从小门进入，游到石塔底部的洞穴。他看到一束赤金色的光线从上面的铁窗照进来，两条黑色的鱼随着光线游过他身边，然后游到一个石阶的后面，他跟着鱼在石阶的缝隙里发现了一只贝壳。八郎刚一拿起贝壳，石塔瞬间开始摇晃，不断倾斜下沉。没等游出石塔，来时的小门就被堵死了。

八郎朝着塔顶游去。游到铁窗时，在水底憋气的时间也已经快到了极限。八郎拿出匕首撬锁，划破了手掌。最后终于把锁撬开了，匕首也断成了两半。同时，石塔又一阵强烈晃动，然后八郎迅速从铁窗游了出去，却滑掉了匕首。一块巨石压过来，封住了出口。

八郎看着匕首随石塔沉了下去，仿佛是看着蓁蓁沉了下去。他在心里说："我不会放过你的。"

当他游上岸，石塔也完全沉没了。

八郎见大家都守在岸边，这时刮起了大风，海水被风吹的翻涌起来。忽然，听到派在后面大声喊："我看到闪电了！在那呢！"八郎转身，看到派戴着眼镜，抓着她的小鱼缸朝着海浪扑过去。

十三说："那不是闪电，没有闪电。即使有，也不是你的。"

派这时已经跃进水里，大海像渔网一样把她卷走了。她依然会继续这场在数难逃的事实，执迷着那些不属于自己的该死的光。

之后，十三跟着八郎把剧院里的红灯笼和红幕布拿了出来。把这些灯笼挂在了剧院旁那颗老枯树上，又用红色幕布在树干上系了蝴蝶结。

八郎将K船长的网格乐谱点燃，撒向了大海。让音符带领这些遇难者各归其位。

这时，21只红灯笼扑咚扑咚地亮了起来，像是一闪一闪的心脏。

第四节 161208

八郎回到鬼伴儿基地后，独自去了猩红车间。

老爷接过八郎手里沁血的贝壳，打量了一番说："初升的太阳就快回来了。"

八郎了解到 7 号盒子的核心：比如世界是个"智能盒子"，所有世界都是被制造的数据。7 号盒子就是在 Q2b 星球上造出的"新世界"，一个将复生在旧星球的新世界。

所以从来没有第一个创世界的人。

"一切存在没有任何神秘可言，人们所知道的都是设计好的，你不会知道一个不让你知道的知道。"老爷说。

接下来，老爷的实验室成了禁区，只有八郎可以随意出入。十三只是知道他们在进行 7 号盒子的任务，但并不清楚这个任务到底是什么，八郎也只字不提。他感觉八郎的"表"不在原来的点儿上了，也可能是"表"完全停了。后来听老爷说，和无动于衷相比，如何地惊心动魄，如何声嘶力竭如何爱恨都容易得多。

一天下午，十三在基地周围闲晃。然后躺在草坪上，盯着大烟囱上摆动的雷达打起了瞌睡。他看到一个飞行员驾驶着双翼小飞机，在空中翻着跟头，飞机尾部喷出一圈圈爱心形的烟雾，有个穿白色裙子的女人，对着飞行员比了个飞吻。

突然，从不远处实验室的方向传来一阵爆炸声。十三醒过来，赶紧往回跑。跑到门口正看见八郎拉着老爷从里面冲出来，老爷的白头发都飞了起来，满脸黑灰。才刚刚脱险，他就念叨着："炉子里面还炼着宝贝。"然后一瘸一拐地往实验室里走去。

八郎从爆炸中救出了小熊如意，抱在怀里。
十三看到，小熊的脖子开了线，眼睛也被炸飞了一只。脖子上的心形吊坠掉了下来，里面的镜子也全部粉碎。又回到了刚见到它时的样子。

12 月 21 日。十三梦到八郎和蔓蔓在基地举办了家族式的结盟典礼。典礼的前一天，他们各自留了遗言。
当双子星升起的时候，典礼在海边开始了。
一片影子里，有个接近裸体的原始部落男子在按照时辰跳舞。结束的动作是把他闪光的，纯银色的头发用梳子整齐地摘下来，并听从来自虚空中一个女人的声音指示，把头发梳理成七套灵魂放进了一个容器里。
老爷送了他们用悬浮石头做的元宝船，蔓蔓穿着老爷亲手缝制的暗红色长裙。八郎剪掉了他凌乱的头发，换上了一身正式的燕尾服，他摘下头顶上的一圈光晕，变成了一枚戒指送给了蔓蔓。
戒指是两条缠绕的蛇图腾，托起中间的一颗红钻石，内部刻着"ɑse"。
然后两人走上了悬浮元宝船。当元宝船升起时，一只蓝色燕尾蝶飞了过去，蒌蒌伸出手，蝴蝶就落在了她手上。

大家开始鼓掌喝彩，然后元宝船升到半空飞到大海的上方。蒌蒌烧掉了一页六十二年之后的日历，把灰烬洒到海里。

十三看着元宝船向远方滑行，像一艘飞船在夜空中行驶。这时，梦里的镜头切换到十三在一艘船上被人高高举起，抛下了大海。

实验室爆炸时，有种实验用的特殊材料被毁掉了。周五和八郎要去往一个"地下网店"寻找。

这天，八郎跟着周五走进一片广阔的金色麦田。八郎感觉到，脚下的土地仿佛在跟随自己的脚步转移着，让人失去方向，然后在这种迷失感中被传送到麦田间一个三角形的小房子。

屋顶的红色石头上刻着：我的本来拥有一切，一切都是多出来的其它。

他们一走进去，八郎立刻被陈列在角落柜子上的小药瓶吸引住。

他看到从第一只瓶子中伸展出缠绕的金手指。瓶底刻着：穿过了白色和黑色。灵魂的药剂凝结在没有欺骗的空气里。

第二只火颜色的瓶子中长出闪光的白叶子。刻着：即将升华成红色的乌云。

第三只瓶子里是混合着碎金子的金子。瓶底刻着：埋藏于混沌中的土。

第四只瓶子一半是黑色沙子，一半是红色沙子。刻着：不渴望解脱的真理。

第五只透明的瓶子里是透明的露水。刻着：世界的灰烬在世界之圆上散去。

第六只瓶子里是从血液中结出的果实。瓶底刻着：精神献出的种子。

第七只瓶子里是第八只瓶子的粉末。刻着一个没有描述的圆。

周五说：这里之所以是"地下"，就是因为这里的事物不向任何人展示自己。谈不上拒绝他人，更谈不上置之不理或是不屑一顾，他们的"被知道"只为被神安排的旨意。如果谁阻止或违背这种旨意，就会得到恶报。

八郎说：如同蔬菜只在午夜的阳光下生长，如同真理是不需要被发现的不隐藏。如果因为私心而利用"天机"，那就如同是和魔鬼较量头脑。

他们接着走下一条陡峭的白色楼梯，周五熟门熟路地带八郎来到一个叫做"生命植物"的二手花店。店里的石头墙壁上挤满了大大小小的绿色植物，它们就像是来自这个世界之外，然后从这些石块中诞生。花店老板戴着红色羊毛帽子，从墙壁的缝隙中走出来，手里拿着一本小黑书。

周五在一处石壁上找到了老爷要的"老树根"。临走时，八郎好奇地问花店老板："你的植物都很会活，我有过的都很会死。你有什么秘诀吗？"

花店老板回答说："对死的认识，决定对活的认识。我的植物还没有准备好死，而你的已经准备好了，只是没有通知你。"

从地下网店出来，下起了雨。周五和八郎刚走上公路，看到迎面有几个像是建筑工装扮的灰衣人，其中一个人从身后拿出棒球棍。八郎觉出不对时，周五低声对八郎说："前面是全蚀电脑总部，去那里。"两人刚一动，灰衣杀手们迅速从雨中朝他们冲过来。

他们躲避着追杀，中途甩掉了几个灰衣人，一路跑到了全蚀电脑总部，杀手们像影子一样跟过来。接着，他们穿过大厅，周五拉着八郎跑进其中一间电脑诊室，两个灰衣人也跟了进来。诊室内有几个穿着护士围裙的电脑维修工，围裙兜里装着设备零件和工具。看到有人冲进来，他们放下手中的工作，跑出了诊室。

周五和八郎解决掉那两个灰衣杀手后，八郎看到电脑手术台上，一台正在维修中的电脑屏幕上跳出一条闪烁的信息：杀掉他。这封邮件正显示着：房间里有两个人，凶手就是在这个房间里的自己人。你还有一套装有医疗设备的医生包，和一把蓝色手术刀。杀掉他。

就在这时，八郎看到桌子上正放着把蓝色手术刀。他猛然惊醒，自己在很久之前就接收到了这个指令，这个指令就像是来自隔空的铃铛声一样阴魂不散，让他绝对服从。八郎一抬头，看到站在桌子另一边的周五，眼神笃定的看着八郎说："凶手就是在这个房间里的自己人。"

八郎也同样笃定的看着他。这个笃定的对视，验证了双方的凶手身份。他们收到了同一个指令：杀掉他。

周五从丢弃在一旁的护士围裙兜里掏出一把手术刀，刺向八郎。八郎光速般的握住桌上的蓝色手术刀，刺穿了周五的心脏。周五倒在了八郎身上，然后对八郎说完了最后一句话："上一次我老了，这次来还你。"

这时，那台电脑屏幕上又跳出一条闪烁的信息：

我死了，同时我的复制人活了，那么等于我的复活吗？

我没死，同时我的复制人也活了，那么我是他吗？

我活了，同时我的复制人死了，那么他会认为谁死了?

"我"是什么还是"我"像是什么?

是"我"还是像是"我"?

是不存在"是"还是不存在"我"?

八郎明白了周五其实早已准备好此刻的被杀了,他一直是以末日的情怀扮演着来日方长。无论此刻的"我们"是哪个我们。
这场大雨再也没有停下来。

12月25日。在强风暴雨的冲击中,《7号盒子》的实验成功了。
原来那是一只可以收集泪水能量的贝壳,它被八郎的血液激活。然后提炼出银河系中36组生命群体的泪水信息,泪水里记录了它们的思想和情感,这些能量在贝壳中孵出了一颗透明的血珍珠。
老爷说:"只有饱含了爱和感恩之水才会结晶,而混乱之水是永远不会结晶的,所以这颗珍珠传递了最纯净的信息。因此,我要对它歌唱一首《蝴蝶科技回响曲》来表示赞美。"然后反复地哼唱起来:
"3636111,454560,3225632,5656217210,
3636111,454560,3225632,5656217210,
3636111,454560,3225632,5656217210……"

下一步就是请盒子将这滴珍珠喝下,盒子里会长出不老的生命之树。老爷对八郎说:"盒子就是你的身体。我们的最高机密就放在一个没有密码的盒子里,太酷了!"

随后,老爷把八郎带入了实验室。

八郎的"表"又走了起来,不过再也不是原来的节奏了。整个人都透露着恒温的,凉的新生机。

他把小熊如意的脖子缝补好,用他那块烧焦的黑太阳做了小熊的眼睛。给吊坠重新装上了镜子。

如意复活了。

第二天,老爷带着小熊,驾驶着他的老式蝶形飞船,对八郎说:"我去恋爱了!下一站见!"

然后在天空中淘气地打着滚儿,在恶作剧中消失了。

同时,政府宣布 Q2b 星球进人灾难状态,预示着 Q2b 星球即将进入历史性的毁灭中。震中位于鹿台山脉两座巨石的交界处,山石崩塌,就像被一口咬断的饼干。东极餐厅一带三分之二的地方已被淹没,死亡失踪人数随着海水不断上升。镇上的街道挤满了车辆和惊恐的居民,到处都充斥着尖叫和绝望的哭声。无家可归的人们不停地向四面空洞地张望,看着海浪是否已经杀过来。

八郎他们给救援部送去了 20 万个尸体运送袋。

之后,机场关闭并失去通讯联系,救援工作没有办法进行。

这一刻,十三感到一切终将无可避免的从视线消失,或早或晚,但生活本来就是这样。

风吹起他的头发，就像掠过一只无辜的小鸟。他微笑着凝视前方，伸出双手在虚空中抚摸了妈妈的脸颊，透过虚空的妈妈抚平了他被风吹乱的羽毛。

八郎说："走吧。回到上一个废墟建下一个家。"

这次的上路，与以往都不同。

在他们离开的第七天，山体全部坍塌。地壳崩裂开一个接一个血盆大口，人踩着人拼命挣扎，世界在一片疯狂地踩踏中四分五裂了。小岛如同一块被重置的魔方，扭曲，旋转，再扭曲再旋转。

最后，海面平静地就像这一切从未没发生过一样。

他们到达另一端的地面。挡在前面的是由石头连接而成的环形阶梯，望不到边的石块叠落在一起，像是盘踞在水面上的一条巨蟒。十三发现这就是漫画里的蛇形阶梯。

他恍然到，八郎当初说"回到漫画"意味着什么。还有当时他那一瞬间的"平静"是从何袭来，因为"因果"在同时发生。

他对八郎说："前面就是蛇形阶梯，一条无尽轮回的阶梯，我们得想办法过去。"

阶梯前有一台骰子机，柜台里站着一个木偶"守门人"。守门人在玩儿着三个盒子和一枚骰子的游戏，用其中一个盒子盖住骰子，来回移动，然后下注骰子在哪个盒子里。守门人重复着这个动作，说道："请交出心爱之物。"

结果，经过几轮大战之后，他们把能输的都输了。

就在八郎紧锁着眉头，无计可施之时。木偶守门人用鸟儿叫的声调说："我的朋友，过关的门票是要用命来换的。"

十三读懂了这句"鸟叫"的语言。他马上对八郎说："《笛子与蛇形阶梯2》里说过，只有笛子能驾驭蛇，我去拿笛子了。"没等八郎反应过来，十三就跳进海边的木桶下了海。

他站在木桶里对八郎招着手说："明天见。"

这时八郎明白了十三的决定，他不回来了。八郎红着眼说："好。"

木桶从水中漂来，桶里放着一条白色手帕。十三效忠了他的心，圆满了自己生命中骑士的圣战。

骰子机响起音乐，说了句：请进。蛇形阶梯变成了一条直行线，通往前方。

八郎走过阶梯。大瀑布向周围冲下来，水流湍急。他经过一座红色小桥，孤身一人来到一个建在水面上的三层塔式建筑前，蓝色屋檐下的牌子上写着"太阳工坊"。工坊下面有两个大齿轮在转动，轮子像表盘一样标示着时间刻度。大门敞开着，门口放着一个巨大的黑色垃圾袋。

八郎一迈入大门，太阳工坊瞬间变身成一个水下地牢。整个场景切换到被黑水包围的天地里，八郎置身在漫无边际的黑水之中，整个人都没了知觉。

接着，八郎的眼前出现了"现场直播"，他成为了那个人生现场片段的幽灵。他意识到，自己生命中的每个现场，也都是其他"幽灵"的虚拟电影。

此刻的八郎，只是一个观影者，是个没有任何身份的存在。

他看到了"他们"的一生，看到无数小分队无数次的全军覆没。看到是"她"派了周五找到八郎，来完成被杀。"杀掉他"也是来自"她"的旨意。这个"她"就是另一个遥远的他自己。

场景转换到一台智能电脑前，屏幕上白色魔方在不断繁殖，一个变两个，两个变四个，每个都有序列编号。

他的视角先是进入其中之一，看到一张小岛地图，地图上生成无限的新大陆。然后从新大陆进入第二层视角，看到小岛有名字有代号有密码。接着进入第三层视角，看到小岛显示"南极"的坐标。同时地图在生长，空间在无限膨胀中膨胀出无限深度。

然后场景转换。

他进入到一个来自"未来者"的视角。站在一个动态中的盘旋楼梯上，正在和一些认识很久的"路人"对话。

这个未来者的她说：我对你们这个世界没有兴趣，但是我有很多世界在这里。接着，她发起"智能爆炸"的讨论，她从意识里给那些"路人"传输以爆炸作为结束世界的影像，结论是去往一个更高维的虚拟中转站再次重启。

她说：这个"自杀式末日"是他们的未来，并且已经在她的过去发生了。现在这里的人类就是"人造人"，它们不知道它们没有生命，它们的设置就是以为自己活着，这种"生命病毒"是死亡也摆脱不了的危险。这些"人类活体"将是被淘汰的宇宙垃圾，被装进分类垃圾盒子投入黑暗中，相互引爆。

场景继续转换。
他看到上一个"他"来到这里，因为放不过"她"的痕迹，而埋进黑水里。那个他对她说：你是我最喜欢的想象，后来我也这么认为。我不会放过你的。

接着，他进入了另一个"她"的梦。她梦到两个光头的白色瓷娃娃，张开着嘴巴，发出红色和蓝色的光。每个瓷娃娃都有两个头，全部长得一模一样，背对背跪坐着。身上像木乃伊似的用丝带包裹着，一直裹到脚腕上绑成蝴蝶结。
这时他明白了，是"她"造了他，他是一场被定制的梦。
"鬼伴儿"就是被"我"续梦的"替身"，"我"的不在和我的存在相爱。"我"打造了"我们"的羁绊，我们是"我"的伪装者。
他也懂了那首《蝴蝶梦回响曲》。
另一个"她"已经再另一个错位的同时里，把他"清除"了。也就是他此时是被注定的发生，是成全那个"同时"发生的永别。永别就是不会再梦到彼此了。

门口那个巨大的黑色垃圾袋暗示着他要亲手扫完"我们"的尸体。

于是，他退到最深处的顶点解散了。

黑水通透了。
他眼前的画面，由水牢变成大瀑布的海眼。他穿了
过去。
然后，他又会忘了一切。

第三章 0402

00:00

第一节 20570105

水干了。出现一道彩虹，他像是踩在了开花之中的无人之境，然后被来自头顶一阵集中的力量唤醒。天空中出现一架黑色同心圆飞行物，从里面出发一个熟悉的声音对他说：欢迎回归。

接着，同心圆从中间落下像弹簧一样的梯子将他接了上去，然后梯子又盘回同心圆像龙卷风一样飞走了。

八郎进入到全白色的飞行舱，握住了老爷伸出的手。老爷神采奕奕地说这是他的新玩具"同心船"。可以上天入地，可以追得上太阳和太阳的影子。

这里是 K3a 星球，是个刚刚被灾难席卷后的重建世界，一场自相残杀的心魔之战和彗星群连爆后的陨石雨造成了 K3a 星球的全面浩劫。

由于人们背弃了自然之光，像是成群的无头苍蝇在追逐着灯光赛跑，跑向"星光大道"。然后乾坤扭转，把灯一关，人们就吓破了胆，在盲道上各自现了原形。每个人的贪念中早已埋下了人吃人的种子，这颗种子像炸弹的火捻就此点燃。人们疯狂的相互撕咬啃噬，皮开肉绽横尸遍野。

随后，一切混乱在陨石雨中迎刃而解，只是他们在灰飞烟灭之前还来不及体会心碎。

彗星曾被视作灾祸之星，而现在 K3a 这颗年轻星球上的"厄运之水"就是彗星群相撞所产生的珍贵遗产，这些水将孕育出各式各样的新生命。

"所以这又是一场被安排的末日，是另一种重启。"八郎说。

"是的。拯救世界并不是拯救人类世界，这是大自然的旨意。必须清理不必要的垃圾，有助于有益信息的生长。因此每一场末日的开发都是适用于当下人性的，量身定制的款式。"老爷带刺的眼神里闪着刀光剑影。

老爷按下遥控，船舱四周变为全透明，八郎仿佛被包裹在一个有生命的活的气泡里。他向外看出去，天空像清澈见底的海水，世界透亮的像刚浮出水面的海市蜃楼。在群峰叠立的五色山脉中，巍峨着浮雕"南重天"。

他觉得自己来过这里，往前走就是往回走，未来会发生的，只是旧故事的新轮回。接着，眼前像画儿似的逐渐描绘出盘山路，山腰间紧凑的水洗色小房子，就像石头上结出的花朵。

老爷介绍说，这座"冰河花园"开凿于五色山脉由南星至北斗的六座崖壁上。这些屋檐系着风铃的小房子是一间间"亡灵花店"，上下分布于断崖之间共9层不等，铃铛会随风日夜兼程的发出声响，盘山的六条运河将亡灵送往不同方向。

这些厄运之水做了层流系统，可以控制不规则的脉动，使水面随时冻结或流动，产生时间的错觉。就像时间数字化了流动性，制造了连续感和同一性的假象，而这种断层感又生动的中断了这种假象。

八郎看到由山顶环绕至山脚的河流，像从天而降的蛇形隧道。夕阳洒在河流上深深浅浅的白色金光像银河中的眼睛，点亮了漂流的木棺之间给亡灵引路的莲花灯笼。

八郎燃起了一条白色手帕，将这团火撒向空中，他说：这是代表我高尚的朋友所献上的种子，有一天这里会开满樱花。

他们降落在一个巨型陨石坑的广场。老爷说，这个广场叫做"金苹果之坑"。苹果坑的四壁是马场赛道，赛道上耀眼的野马如同驾着云雾，腾空而飞。中心是竞技场，身着黑色盔甲，佩戴黑色面具的勇士们正在厮杀。

突然，其中一个战士从人群中举剑而起，伸展出猛兽的肌肉线条，黑色盔甲像张开的黑色翅膀，从半空中冲刺下来杀了所有人。那些人粉碎成漫天的黑色铠甲片，然后又死灰复燃般重新组合在一起。

同时那位勇士降落到八郎身边，他摘下面具，露出大地色的皮肤和深如隧道的黑色瞳孔，像是从墓穴壁画里走下来说："我们见过。"

八郎轻轻点头说："是的。"

"这是 K3α 星球的国王如意打造的黑色"彩虹军团"。她带领彩虹军团收场了末日的恶作剧，新世界也正在另一场恶作剧中诞生。彩虹军团有个叫做"信号"的部门。不解释。因为这是军事机密。"老爷说。

这些勇士是在陨石雨中重生的新人类，其中还包括工匠和农民。一颗犹如月亮的火种嵌入了身体与他们合一，生成了"千里眼"般的体内连接器，K3a 星球称这个有机晶体为"奔奔体"。它是不会失灵的第三只眼睛，是自然的自燃力量。

这个重生就好比是个人内在的宇宙大爆炸，人们赤手空拳与万物相连。理解自然，然后还原这个理解。通过直觉，再把直觉交还给自然。

接着，老爷带着八郎来到一个石头建筑，这是由一块向阳而生的天然巨石所打造的"元元堡垒"。堡垒顶部的阳台点着火苗，火苗周围是月牙形的储水池。他们走进堡垒，四周是打磨得如油脂般光滑的石壁，正中心有个小井口。老爷说这是无底的谜底之眼，如意给起了个名字叫做"兜儿"。

八郎看到井口的金砖上刻着：融化。燃烧。升华。完成。

然后他们走上了螺旋形金色石阶，来到第二十三级台阶，一位男士和一位女士正友好地迎接他们。

这位短寸头的男士是 7 号，他曾是 K3a 星球杀手界的"金牌运动员"，他的身手和他的思想一样敏捷。在一次行动中，他被一颗流弹般的碎石子激活了掌控灵感共振的脑电波，成为了"通灵杀手"。他现在是地面环保部门"蓝色窗口"，以及彩虹军团"信号"部门的负责人。

另一位黑色围裙的女士是玛丽，她负责的宣传部门叫做"红色窗口"。她本身还是研究星球地下出土物的专家及建筑专家，目前正在启动建造地下宫殿的项目。她善于像精灵一样瞬间嗅出那些他人视而不见的宝藏，然后将它们完整忠实地再现或应用。对于工作的热情，她有着用不完的充沛精力，从没见她摘下过围裙。

老爷的工作依旧是乱七八糟的发明，然后去发现乱七八糟的世界。

八郎得到了"深井屠夫"的新身份和一双新鞋，将和老爷一起继续他们的探索游戏。

玛丽把八郎带到他的新房间，这个房间曾是如意父亲的房间，也就是老国王的房间。八郎看到圆形的窗户边放着一个长方形浴缸，就像是蓄了水的石棺，里面刻着：沉默之水。

浴缸旁是一整排衣柜，从里到外都挂满了华丽套装，八郎说明天把衣服全部捐掉。然后他们一边收拾着衣服，一边听玛丽说："这些衣服都是老国王亲手缝制的，布料是由羽毛编织而成，本来就是准备送出的礼物。这也是他的消遣，他如果不做国王，应该是个好裁缝。"

把衣服全部整理好之后，衣柜门上重现了三重十字架的图案，就像重现了不知从何而起的三个世界。十字架的图案刚好倒映在沉默之水上，窗户又倒映在三重世界上。

随后，老爷对八郎说带他去见一个人，就是如意。接着给八郎讲了如意的故事。

一个大雨后的 10:08 分，国王在护城河边的森林中骑着马。阳光从树叶的缝隙中穿过来，形成一条条交织的斑马线。在这些斑马线中折射出一架彩虹，吊在森林里。这时，他见到一只系着黑色领结，银白色的老虎站在河岸边守着一只金元宝盒子。

国王仿佛被召唤着走下马，来到了白虎身边，看到一个婴儿被装在那个盒子里。婴儿身上包裹着一层白色锦缎和一层红色锦缎，脖子上挂着一块焦黑的石头，身边放着个绑着蝴蝶结的卷轴。打开卷轴是用婴儿的名字和身世排列而成的图案，一个带十字的钩子，或是个带钩子的十字。这个符号就像是两道闪电击中了国王，让他无法后退。

当白色老虎随彩虹一起转身消失的时候，彩虹化作了它身后一条条的长尾巴。

国王感到她的到来是份不幸的厚礼，为了掩护她，把这天的 10:08 分作为了她的生辰，并取了"如意"这个名字。老国王一直没有透露过卷轴内容，甚至如意自己也不知道。

叔叔曾是和国王一起出生入死的兄弟，在一次战役中身负重伤左腿被砍断。后来国王赠与他一把雕刻着赤蟒的长矛，表彰他的英勇战绩。但叔叔对王权的渴望也随着国土的日渐安宁与日俱增，并一直坚持认为如意会带来横祸，整个国家都将随她落空。事实上，这些固执的念头都是来自他深刻的妒忌。

在老爷某次外出探索之时，国王和叔叔终于在一次宴会中反目。跛脚的叔叔先是在苹果酒中下毒，以如意作为要挟，逼迫国王退位。国王忍受着剧毒万蛇穿心的折磨，然后在千疮百孔中失血而死，他的尸体被投入到无底深井之中。

国王的无畏再一次激怒了叔叔，这种无能为力的感觉，更加剧了他的妒火中烧。

后来，如意被叔叔诬陷是长着毒蛇牙齿和老虎尾巴的女妖，咬死了国王和她的 5 个同伴。她被关在了自己湖中央，一座石头砌成的塔楼里。

当时，她仅剩下的最后一位朋友，叔叔的女儿承诺一定会来救她。但是 10 个月过去了，她毫无音讯，她认为她一定也被关了起来。于是，她借助满月"断头节"时的庆祝活动，趁看守喝醉，然后将自己伪装成男子走了出来。

但是她在监禁时被偷走了象征身份的"黑舞鞋"，那是国王用五色石为她特制的透明鞋子。穿上它可以驾驭一阵风，也可以被一阵风驾驭，但她的自在轻盈却成为别人的眼中钉。

在走出塔楼之外的路上，被种满了钉子和碎玻璃。她赤脚走在对她示威的嫉恨上，鲜血淋漓，白色衣服被染成鲜红色。当她蹒跚着走到吊桥时敲响了午夜 12 点的钟声，她看到对面露台通明的烛光下，叔叔正在向大家宣布着自己的死讯，而叔叔的女儿穿着黑舞鞋。

同时吊桥断开，她在一片灰暗中掉下了悬崖。被封锁在了海里事先备好的牢笼里，从此消失。这是一场阴谋，因为他们证据不足又无法处决继承人，所以设下要她自取灭亡的圈套。

"我知道她不会死。在此后的三年里，我每天都会
打扫她湖中央的阁楼房间。我相信等海水退去的时
候，她就会从龙舟码头归来。"老爷深情地说。
每逢月圆的断头节，K3α星球都会传出一阵阵海潮
般的哀鸣，有条不紊的翻滚在每个角落。她的牢笼
被海水冲到了未知之地的冰封世界，这里的三年在
她被封印的地域里，是能量压缩的数千年。
终于有一天冰化了水开始退了，一只小乌龟眨着眼
睛朝她游过来，给她送来了一个从匕首上断开的刀
尖，解了锁。
至少她在这场灾难中遇到了一个忠实的朋友。

"3月20日的正午12点，她一身白衣出现在龙舟
码头。我走上前去，给她递上了为她重新打造的黑
舞鞋。然后，她用一根龙筋做了鞋带，她说那是附
在她脚上，伴她同行的琴弦。"老爷说。

"龙筋是哪里而来呢？"八郎问。

老爷继续说，如意在冰封中经历了"灵魂出家"。完
成了与自己本性之源的团聚，积累了深沉的力量逢
生绝境。第一天。她独自乘坐地下列车来到南极"亡
灵中转站"，一圈圈同心环的河流围绕着白色樱花。
她在樱花的天地中踏上了一条建在半空的石阶，石
阶外侧悬挂着战靴和盔甲。然后她听见风中飘来了

笛声，笛声中浮现一首低迷的男音：

"从前我置身在自己的未来
重复早已预见的不过如此
能看得到的还是一样的
以为的也终于背道而驰
走不动是因为无法远离所知
旧的一天将重新从欺骗开始……"

她跟随这个声音来到一个闪着灯笼的小庙宇，这个
庙是个石头砌成的圆球形状。上方悬浮着一块椭圆
形的水晶，像洞察万物的眼睛，这只眼睛里写着：
请自觉放过希望。
她走进小庙看到半人半神的石雕们聚集在一起，一
个人手中拿着黑色王国，一个人手中拿着黑册子和
银叉子，一个人手中拿着羽毛形状的月亮，他们正
在参加一场隐形的宴会。随着灯笼闪烁的韵律，石
壁上会出现十二只神兽的影子。
她继续往里走，看到金色的椅子上端坐着一位头顶
红色珠帘王冠的石像，身着黑色羽毛织成的锦服，
锦服上绣着蓝色云朵。他双手合在前胸，手中握着
一个金色令牌，双眼通明的张着嘴，红舌利齿。
他的右手边站着一位双眼低垂，佩戴金项圈的女子
石像，双手捧着元宝船。他左手边站着一位眉目清
秀的男子石像，头戴 9 颗金珠相连的发簪，手捧一
个系着红色蝴蝶结的卷轴。
前面的石桌上供着 5 只桃子和 8 只猪蹄，还有个婚

礼蛋糕。

她的目光落在他金色的手指上，这双手仿佛可以指挥琴弦，拨动光线。张弛有度的节奏中，让人看不透他手中的令牌是要拿下还是放下。她看着看着，就在供桌前睡着了。

一位梳着发髻，穿白色长袍的男人走过来，对她说："是你吗。"

她半梦半醒说："你是真人。"

之后，真人给她服下了一颗红珍珠。

第二天。她问他来时的笛声。真人告诉她："在从前充满冲突的天空中甩起电流般的尾巴，爆发了闪电之战，造成很多星球碎片飞出系统。我被一条闪电锁住，困在了海底万万年。

那是个深海的真空箱，里面有一尘不染的沉船和永生花般的遗骸。我坠入其中被压在一块巨石下，我向虚空中不断地发出求救信号，直到一个跨越重重世界的小女孩出现，才使我得救。

我看到她在她的世界爬到一座土坡上，从裂缝中扔进去一颗石头。然后听到她说在梦里的一条石阶上听到了一首笛声《伴我同行》。她跟随直觉找到了这座没有墓碑的坟墓，她说这下面有个战友需要被营救。

随后，在我置身的真空箱里落下一块石头。这块石头像一把燃烧的钥匙，解开了锁住我的镣铐。压住我的巨石也随之裂开，从里面诞生出一支骨笛。

我的得救意味着在不同世界的"我们"都将以不同

的方式得到各自的救赎。

后来，我就用这只笛子把她说的曲子编成了一张旋风，回敬那些可以跟随在虚空中听到《伴我同行》的人。因为那个召唤是来自遥远的自己，直觉会将他们送往超越梦想的地方。"

"所以每个人听到的笛声是不一样的。"她说。

"是的，以后你会知道那是来自谁的心声。"真人说。

后来，她走上一座诚实之称。金色天枰的另一端是一根黑色羽毛，象征着这座称可以度量出一片羽毛重量的假装。她的心通过了审判，从此无人能把它带走。然后她披上了一件无形的红色天鹅绒斗篷。

第三天。她看到半空中的六座天舟，而位于天舟之巅的石阶是一条"龙脉"，龙脉是实相背后能量波动的走位图腾。她看到天舟的峡谷上有道天然"空门"，空门存在着很多无形的能量场，能量携带着遥远的记忆。当一道七色光束射向这个"空"的感光平面，一个全息的记忆影像就被显现了。

她看到在一个冬至，进入到银河中心的星球与太阳对齐。迎来了万物转变的时空重置，然后在另一个折返的春分归位。六座天舟重新起航。

第四天。有个勇士在樱花树下献祭了他的心，将自己最灿烂的心跳归还给神。鲜血一直流入河中，樱花由白色变成了红色。此后，樱花越是火红，就代表那颗被刨出的真心越是火热。

樱花谢幕后，火热蒸发成云，笼罩在身边14600

天。

第五天。她在斑驳的白天登上她居住的红色楼台，月亮的实体和太阳的光晕错位合体，然后又隐没在雾里。星星与地面距离越来越接近，她在辽阔的夜晚俯瞰脚下的环形灯火，仿佛比空中唾手可得的星火还要遥远。

这里的太阳从左边升起。这里的金子像植物一样生长。这里的叶子即使还没有落下，她也能熟悉地感受到季节的变化。

第六天。她的不知道佛了她的知道，她的生命如花草般生成，成为了一个没有指望的，圆满的单独。她潜心于无知无觉之中，潜进了一个个身体，和一个个身体的梦里。遇见了魔法师和隐士，遇见战车和天使，欲望和教皇……她游离在这些身体中长生不去，在流动中与现实合一。

第七天。她与现实联姻，和石像们分享了在隐形宴会上的婚礼蛋糕。

转眼，她和真人就到了终将一别。在最后一个天亮，真人将一根龙筋系在她手上绑成了同心结。

她听到他说：又送王孙去，萋萋满别情。

"所以，她回来后按照小庙建造了元元堡垒。"八郎说。

"没错。只是她不会再有任何"爱上"的感受，她变成了纯情的铁石心肠。"老爷说。

"她活着死了。"八郎说。

八郎和老爷一起来到第二十四级台阶，走进在两根柱子之间的房间。这时第一缕月光照进来点亮了八郎的视线，她穿着黑色长裙坐在圆桌前的椅子上正等着他们，双脚踩着椅面，双手抱着腿，蓬松干燥的黑头发，面无表情的看向八郎。

她并不光彩夺目，但她身上带着无可名状的特质。她像是走入深渊与深渊合而为一，然后成为深渊本身的一种任其自然。

这一眼开始，一条突然生出的命运曲线，将八郎无法幸免的与之血脉相连。

如意示意，几个人落坐在白色圆桌前，玛丽点上了房间里的七支烛台。八郎看到左右两侧墙边有对称的半圆形石桌，分别雕刻着面对面下跪的六只天使。桌上中间的位置各有一个香炉，燃香的烟就像是熠熠升空的魂魄。

如意依然面无表情地说：之前的世界变成了一个僵尸养殖场，盛产披着人皮的扭曲怪物。"自觉"是唯一的神性，所以不可能用信仰唤醒傀儡。有时是大自然自己动手解决无用寄生体的调整，但有时需要我们自己亲自动手。当这个世界不再强大，不能够承载天然的活力，那么这个世界就应该彻底被摧毁。在这次复兴中不允许任何撤退，我们必须在真实的困境中绝对清醒。同时也需要一位有'魔力'的人才，去展开全新的愿景，魔力是源自他内在的辉煌。我曾在另一个世界见过这种辉煌,他是东方的"神童",他将会升起新的太阳。

如意交给了八郎一块焦黑的石头,说:找到他。

对于个人而言,她必须在离开前找到一个有价值的人接替自己,并确保自己不为人知。因为她知道她将何时离开,如何离开。她以往的所有身份都只是进入了象征性的墓穴,如同此时住在一个象征性的身体。

八郎看到在她另一面的倒影中,有着胜过男子的刚毅和决绝。

这5个人的空间里,八郎感觉有千军万马的能量凝聚在一起,他可以在这种凝聚中献出自己。大海在他心中重生,而他又同时化身为这片海洋中的一个波浪或是一个波浪,不再是某个特别。这种存在与存在的合一,让他的疏离全部被化为乌有,他得到了前所未有的自由。他轻得脱离了自己,他不需要成为任何自己。

八郎第一次感到了"在一起",他并不是孤身一人,他和他们在一起。

能量源的凝结造成催眠般的能量场,他被这个"场"所征服。而产生凝结作用力的就是这个具有和谐矛盾体的如意,她意识里仿佛有个连接全体意识的"复读机",她说出来的原本就是来自于周围的潜意识,所有人的能量被汇集,被万众一心。陷人不明不白的,被同频了脉搏的感染中。

这种感觉如蟒蛇般紧紧绞住了八郎的心。他意识到，他的暴风雨刚刚开始。

第二节 201221

双子满月这天，迎来了 K3α 星球的传统节日"断头节"，寓意着"重生"。基本上每家每户都会来到"大自由菜市场"参加全天侯的庆祝活动。

一大早，老爷带着八郎来到市场，蛛网一样的街道被阳光慷慨地镀上了一层层金。以街道划分出的不同区域中，摆满了各类摊铺。这时，他们看到玛丽走了过来，她来购买信纸。

K3α 星球非常盛行写信和折纸，这里的人从小就会折纸，如同把自己的心事折叠成一张影子，然后把这张影子视为最真诚的礼物。

老爷对玛丽说："还是准备用纸飞机来做为邀请函吗？或者是继续写诗继续烧掉。"

玛丽："烧掉是表示我绝不会去浪费心意，他人的认可换一场自我的误会可不是好交易。这些信纸是用来做星际护照的。"

老爷："你要去哪里？"

玛丽："出走的乐趣在于出发之前，所以我选择哪也不去。护照是给你们这些不安分的人准备的。"

老爷："你就是想的太多。"

玛丽："我想的不多。就是想不开。"

玛丽逗的八郎也跟着大笑起来。之后，玛丽送给他一叠用桂花制作的白色信纸，还在蓝色信封上画了一只站在悬崖边的兔子，抱着个黑色礼物盒。她对八郎说，以后可以给如意写信了。

后来听老爷说，这些纸都是由造纸匠用花瓣特制的，不同的花通过不同的手法就会呈现出不同的纸质生命。他们相信饱含情感的手工制品，具有令人战栗的超凡力量。而且很多人都会像玛丽这样，给自己写诗，写完就会烧掉，不会留到第二天，也从不愿意发布出来。

上午 10:08 分。"娃娃屋区域"的断头台周围挤满了群众，为小朋友举办的"砍头活动"开始了。街道中央伫立着一座高耸的断头台，折射出绝对可靠的锋利光线。孩子们拿着篮子等在闸刀下接住被斩下的玩偶头，迎接玩偶们的重生。断头台后方停放着一个个手术台，娃娃工匠给这些被砍断的玩偶们接胳膊接腿，重新搭配缝合在一起。

孩子们投入地玩儿成一团，一个小男孩说："娃娃们好像很疼，但又不是真的疼。如果我伤害了她，那么就原谅自己。"另一个小女孩用编程似的语调模仿着娃娃说话："这个身体不适合我，我的头换错了。"

旁边两个小男孩吵了起来，其中一个冷漠的说："你这个玩偶是假的。"

另一个快急哭了，说："为什么！"

那个依旧冷漠着说："因为不美。"

紧接着街道上响起了不知如何是好的大哭声。周围的人在哭声中笑到岔气。

平时，孩子们会把自己的牙齿收集起来，在这天玩偶重生后将牙齿抛入大海。然后等待"双子星"升起时，唱着儿歌，换取死神的礼物。

"太阳从左边升起

握住跟在身后的邀请

一条黑色裂缝

一只白色把手

叮铃铃 叮铃铃

请进

亮了五支蜡烛

迈向对的脚步

与死神共一支舞"

k3a 星球的孩子们第一项认知就是要有勇气把生命浪费给自己，皈依自己。
去拥抱死亡，就像是拥抱生命之神。更有野性地跟随直觉，成为可以在风雨中放肆奔跑的活人。也许会跑向黑暗的地牢，可偏偏有一只手飞过来，从一群混乱的希望中把这个并不希望得救的放肆之人拉向光明。

中午 12 点，他们来到"凶器屋区域"，正在举行的是"割头皮"大赛。这个比赛是交流厨艺的友谊赛，街道上排成行的橱柜里陈列着由兵刃匠人锻造的珍品刀叉。参赛者在一个圆形的旋转台上，用同样的蓝色手术刀比谁割的果蔬皮最完整均匀，然后其他参赛者给出评价。台下的观众可以 360 度的观摩整个赛事，有切奶酪片的，有削苹果皮的。一位紫围裙女士把割好的"南瓜头皮"像晾衣服似的晾了起来，给大家做着细节展示。大家称赞着她割的南瓜皮像丝绸般晶莹剔透，她的手法娴熟优美地就像是在无意识之下的发生。

这个时候，7 号出现在八郎他们身边。他说："真正的天赋就是这样，自然的像没发生过。没有天赋的人才会知道天赋是什么。"
老爷接着说："千真万确。就像当你认为某个他不一般时，是因为他不属于你。"
八郎说："比如那种被封为扮演小丑的天才演员。事实上是小丑在演他，而他谁也没演。"

7 号见八郎看的起劲，便起哄让八郎也去参加。八郎走上旋转台接过手术刀，开始切西瓜瓤。西瓜汁顺着他手臂流下来，西瓜被切成像咖啡方糖一样的小块块，然后平铺着整齐的排列放入一个"榨尸机"。榨尸机是个由多层金属盒子组成的金属柜子，柜子上刻着：清洗。凝聚。汇合。每一层放入不同的食物尸体，再把尸体们榨成"油"。这种油是这里特产的有机饮料，八郎把油分装在杯子里，送给台下为他欢呼的人们。

7号说，八郎像是被杀气开了光，受欢迎的程度就像是世界的初恋。说完，他带着老爷和八郎又来到了"烘培区域"。这条街道上有个磨房，屋顶上旋转着如屠刀般的十字风车，周围弥漫着带钩子的面包香。于是，他们被钩了进去，看到黑白相间的石板地中间竖着牢固的石磨，石磨上放着全麦面包，这种从自然的粗糙中发酵出的原始味道，被誉为神的味道。

老爷说，种出金子般的小麦，需要与农作物有一样的温度，需要每一个动作，都看作是对于自己灵魂的延续。只有 K3a 星球上这些魔法师一样的农业大师才能做到，他们用镰刀收割庄稼，如同用月亮收割了宇宙。

房间四周是烤箱和冰柜，大家在这里分享着独家料理。一个老太太在一个大铜锅里煮着个用海草打包的"绿色木乃伊"，铜锅上刻着：从水中诞生，在火中成长。

八郎走过去，老太太邀请八郎品尝。他接过老太太递来的铜汤勺喝了汤，然后说是新鲜的小白菜味道。老太太笑着对八郎说："这种味道是不是会让人想起某个有过名字的熟人。"

接着，他们来到磨房的二层"厨艺实验舱"，一对孪生姐妹正在播放一段公路日记。

日记影片中一名男子杀了他美妙的伴侣，他用银餐叉挖出了她蔚蓝色的眼珠子，如珍宝般握在了手心儿里。然后拧断她的脑袋，撕扯了下来，她被扯断的身体缓缓升起，像个无头娃娃走进了金色的礼物盒里。之后，男人写了张生日卡片，将这份诅咒的祝词寄给了他自己。然后他又用烤箱烤了另一位伴侣，她的肚子外面连接着一个红色的男婴。男人念叨着：我要为她缝制嫁衣，因为那是最华丽的寿衣。

八郎说：我感觉看了一场歌剧。
7号说：她们是公路环保使者，也是助眠师。在一路游走中回收野生菌，制成"黑白助眠药丸"。这是基于现实是幻象本身的，一种强制清醒的"致幻剂"。用于那些处在幻象中生幻的人，用另一种幻觉活剥他们的幻觉。

比如影片中的男人，他失去了把自己从这个世界中剥离出来的能力，助眠药丸激活了他大脑的协调方向区，他分辨出自己脱离了伪装，来到了一个根本。然后这种放射性的追踪剂会让他展现出自己的最真实，还原他内心的现场。他做了什么不重要，重要的是他做到了。

黄昏时分，曾经篡位毒害老国王的叔叔在出卖了女儿的下落后自尽了。如意如死神般复活在他的现实，比死亡更让他恐惧的是醒在自己的噩梦里。
叔叔的女儿被砍掉双脚，割开了天灵盖。绑在木桩上，放到了麦田里。乌鸦们掏空了她的脑子，她的眼睛和她的心。她虽然偷了鞋子，却偷不走鞋子的命运。她沉重的贪婪从没有使她轻盈过，她的生命从没舞蹈过。
在这个午夜 12 点的钟声中，又做回了她自己。

这天中午，八郎来到老爷用一间旧仓库改造的新实验室。位置在一处偏僻的草坪上，空气稀薄，房顶上的天线高的快要冲破天际，最上面装着个像是鸡蛋的信号接收器。老爷说从自然中收到信号后也要向自然反射信号，要把心声传的尽量远。所以，这里被称作是大家的"科技教堂"。
八郎走进来，老爷正在通电话。他说："什么，黑天鹅又飞走了。我不要白天鹅，它们和我不合。"
老爷挂了电话之后对八郎说，他正在寻找黑天鹅，来搭配刚栽种下的黑色曼陀罗，它们具有一样失控的红。
接着，老爷开始"脑壳留声机"的讲解：脑壳留声机的样子是个蛋壳形状，里面装有悬浮的螺旋形网格乐谱，谐振的"交响乐"在不断涨落的泡沫中形成能量数据。这是一个超时空灵子共振感应仪，是万物互联的定位器。它将能量联网，即可以扫描可见存在的轮回数据，也可以呼叫某个不在这里的存在，并传输情报。

灵子，不是一个物质，是一个物质的概念。我不知道它的名字，就只好称它为"灵"。

"穿越"就是识别周围隐身的多维世界，就像"一世"包含了数世的卷曲集合。比如看似天边的行星也许就在手边，比如不可见的某一世就在此刻。

这是另一种炼金术，炼金并不能把不是的炼成是，也不能无中生有，而是发现隐藏在本来之中的"本来就是"。

这也许对于别人毫无意义，但对于发现它的人而言，如同在无用中酝酿着一场引人入胜的变革。

后来，老爷对八郎说了自己的少年故事，那是他的封存档案。从前，作为飞行员的他在一次战斗中被击中，就在战机即将触地的瞬间被一场龙卷风带到这里。

当他再次醒来时，仿佛醒到了一个被自己忽略的时候。于是，他不断地"复习"自己先天对于"琴"的天赋。他用龟壳做了琴，宇宙的声音在琴腔中徘徊不去，犹如敲开了在不同音阶中轮回的能量隧道，每当轮回到一个新的音阶"1"时，同频能量源就自动连接或自动退场。

老爷发现了数字里面的韵律，他用逻辑跟踪这个韵律，相互翻译相互作用，他的发明都是基于他的《妙音物理》。

他说不朽的存在之美，是在于存在背后不朽的灵性公式。可见的存在在表达美，而不可见的数字是美本身。

"所以，如今我们的这个缘分就是数据轮回。"八郎说。

此后二人经常彻夜长谈。更多关于妙音物理的话题。

1月5日。八郎梦到自己在梦里醒来，看到一个穿着白色长裙的无头女人向他飘过来，但他躺着不能动。就这样，他在梦里反复醒来，无头女人反复向他飘过来。这样重复了很多次，当他又一次醒来时，看到一个黑头发白裙子的精致瓷娃娃被绳子缠住了脖子，然后他解开绳子救了她。

再然后，他又一次躺在床上不能动了，这时从床下伸出电锯，锯进他的身体。最后，他在有层次的剧烈疼痛中醒过来。

晚上。八郎站在海边，黑色的海面，像镜子一样平静。镜面的远处有月光衬托的模糊背景，从背景中的世界游来一只黑天鹅。他正看着，听到如意的声音说："我知道是你。"八郎转过身，她还是那么寒气逼人。

"你很像是我前世的亲人。"八郎说。

"现在就是前世。"如意说。

八郎感到她身上先进的神秘感，不断更新自己的认知。她不是光的不在，她是光天化日的黑暗，是个让人没办法的宁静。

后来的八郎穿着红色衣裳，骑士一样的背影总是会走在如意面前一点点。这个背影在告诉她，她说的事情，他会立刻执行。即使她还什么都没说，他已经提前接旨了，因为这是"心"的圣旨。
正是因为八郎这样如释重负的体验，所以无论对错，即使她说的是荒谬的，他也会随她一起荒谬绝伦。反正跟随她觉得很好，这种一致的感觉很好。

再后来，他们的感情好像该说的早就说过了似的，彼此都明白很久很久了。
他们可以分享沉默，也可以哼同一首难听的歌。
他们有一样凌厉强烈的能量，他们对直觉有着一样的虔诚。
即使多羁的命运选中了他们去走向冰冷的断头台，也一样不会躲避。

第三节 013701107

根据接下来的复兴计划，八郎要用不同身份潜入"火海"，去往不同的地心集中营房间。也就是去地壳位移之前的不同世界，寻找"神童"。

老爷给八郎制作了"金甲飞船"，这个飞船是由六组无坚不摧的铠甲组成的反射镜球体，就像透明的玻璃糖纸一样。

老爷说这是光的隐身术，改变光感，可以产生隔空取物般的现身，也可以制造物体瞬移的隐身。

根据脑壳留声机的定位路线，金甲船可以冲进任何一个世界的大门，而且没有任何守门员能够阻挡。对于那个世界而言，八郎就像是从第13颗行星走出的"天外来客"。

深井屠夫的工作让八郎热血沸腾，他为了这份沸腾可以拒绝幸福，也可以竭尽全力重获幸福。

老爷拿出几本星际护照，就是之前玛丽挑选制作的新护照。有的是横条纹，有的是空白，有的别着金色别针。最后给八郎带上了一个三折叠的护照，里面写着：混乱的糖果店。

老爷说：这个世界是一间不断生长的糖果店，在梦里发出美妙的哀乐，那首曲子里有血有蜜。到处都晃荡着被吸引而来的人们，他们在梦里得意忘形。

然后被糖果店里有毒的甜品诱惑着，把脸紧紧地贴在窗户上。是咽下口水转身走掉，让那一眼留在前方，还是破窗而入去发现这只是梦一场。在节制与堕落的分叉路上，最后，那些跟着哀乐去破碎的被释放，而掉头的却成了空皮囊，因为他的灵魂始终还贴在窗户上。这些被粘住的灵魂使这间糖果店一直在增长，一间接一间，一眼接一眼。

6 月 21 日，金甲飞船进入了混乱糖果世界的"32 号大院"。

八郎一身白衣来到这间编号为 32 的孤儿院，他的身份是这里的新看守。从夜幕中现身了一排静寂的尖顶，尖顶围成半月形。这座半月形建筑宽大到一个画面都装不下，大到看不到全貌。

"这里在大火前曾是属于 J 公爵的古堡，据说他是一个医学密会的组织者。后来他被一道黑色闪电射中，烧死在古堡的浴缸里。"来迎接八郎的白院长介绍说。

白院长是位建筑师，她负责修缮了孤儿院并且留了下来。她对于建筑有着非常的情感，而这座建筑尤为突出。这里就是她的家园她的孩子，她有责任用一生服务于这座房子。

孤儿院的样子有点奇怪，大门口有一个隆重的东方牌楼，牌楼下挂着一只雕刻着龙纹的钟，白院长让八郎做完敲钟仪式后才能进入。八郎没问原因，随手敲了钟。白院长说："你的钟声中充满着生命力和信念，但深渊已在暗中向你走来。"八郎说："只要是我的深渊，我就会奋不顾身，我们在走向彼此。"

大院儿有两个入口，白院长递给八郎一串铜质长钥匙，他的工作就是看管好大门。接着带八郎来到一个古树园林，他们从园林中间的一条石头路走向地下的圆形图书馆。图书馆周围是个广场，广场的路灯下坐着一个白胡子老头儿正在和路灯对视，一只白鸽落在路灯上，一只白猫围着路灯打转。白猫看到八郎就喵喵地走了过来，老头儿也跟着走了过来。白院长介绍说，这是图书管理员奥斯卡，这只白猫是他的"猫王"。八郎抱起了猫王，奥斯卡对八郎说："猫王从不让人抱，看来它认识你。早听说大院儿要来新人了，没想到这么新。"

他们一起走进图书馆，迎面挂着一块表，表盘周围是已经发黑的纯银雕花，表盘里没有指针，是几张红色的人物扑克牌图案，分别是红桃 K，方片 K，方片 J 和红桃 Q。屋里没有其他多余的装饰物，列队的书架像档案馆一样严肃整齐。

这里是平时孩子们主要的活动场所，接着八郎见到了 3 个小丑装扮的孩子。白院长说这不是一般的孤儿院，这些孩子是自愿孤儿的。就好像别人在苦海里挣扎着上岸时，而他们认为在水上乐园。外面的人恐惧他们，那种恐惧不是因为看不见，是因为看不懂。

奥斯卡说："他们不需要去到什么彼岸，因为不上岸也没关系。他们也不必累世苦行，等他们玩儿够了自然会放下屠刀。"

白院长和奥斯卡就像效力不同疆土的军人，守在各自的边界线，对一切形式的"忠心"保持一视同仁的尊重。

白院长深呼吸了一下，然后开始介绍：这是从外地的马戏团出逃，自首到这里的双胞胎，王子和小命儿。

八郎看到一个浅色头发的白皮肤男孩和一个卷发棕色皮肤男孩，八郎正要开口，白院长说他们自己说是双胞胎。浅色头发的是王子，他在一条公路上出生。卷发的是小命儿，他被遗弃在另一条公路上。后来他们被同一个马戏团拘留，之后结伴从很远的地方一直沿着公路走来。

王子不喜欢被人看见，经常带着一个没有五官的面具，保持一种屏蔽状态。八郎看出这个羞涩的男孩，非常厌恶自己异常出众的外貌。

小命儿平时不说话，像个装聋的哑巴。但他一旦发声，光和热就走向另一个极端，他的声线和笑容从阴郁变成最明亮的火球。

白院长继续介绍：这位是没酉，她想要去做流浪汉，因为年龄不够被遣送到这里。她要求得到男孩的待遇，因为她是个男孩。她穿男孩的衣服，玩儿男孩的游戏，她不喜欢笑也不喜欢别人笑。
一个满脸不高兴的雀斑女孩，一动不动的站在那里。

接着，八郎做了简单的自我介绍："我是个新手看守，不过我基本的自觉就是知道自己有可能守不住。"
然后，大家都没有理会八郎，像没听见一样毫无反应，保持着不客气的阴沉和不近人情。

这个星期五，八郎来到图书馆。奥斯卡和八郎说，他们 3 个人是一支乐队，一支"沉默"的乐队，要接近他们就要听得到他们在沉默中所演奏的风暴。
后来，八郎和孩子们说从前有个小小丑乐队去参加演出，他们在舞台边的角落安静地等待着上场，但是人们不允许他们上场，因为他们所到之处都起了火。比如人们看到他们乘坐在儿童转椅上，转椅就成了起火的云霄飞车。他们在儿童小火车的车厢里，小火车就变成起火的死亡货车。所以他们在哪里，哪里就会成为燃烧的舞台。
他们燃烧的能力，就是玩儿得起的能力。这是一种彻底的不会被夺走的胜利，人们惧怕这种胜利。
接着，八郎从脖子上摘下黑石头放在地上。石头化身成燃烧的十字钩子，火焰在地面上顺时针转动。像火炬像军旗，像他们每个人眼里的从太阳发射出的闪电。
八郎说："我和你们一样，忠于虚空中的声音，与这种声音的连接比任何握在手里的连接都真实。"

就是这样，他们成了同伙儿。

小命儿说："我们在图书馆里看到奥斯卡曾经写的
一本传记《笛子与蛇形阶梯》。传记里说午夜12点
有个骑着旧轮胎的人会来敲门，旧轮胎是个不幸的
命运之轮，送上来自你仇人的礼物。这就代表你被
招募了，要离去了。"

王子说："没酉曾发《梦冒险》的游戏，在午夜翻墙
出去。但都失败了，我们一次次被抓回来。"

没酉说："我要像传记里的武士女王一样去营救我
的战友。"

后来八郎了解到，没酉的爷爷和爸爸都是船长。爷
爷曾是当时最年轻的船长，跟随他的还有一只红脑
袋的乌鸦，可是爷爷在没酉出生前就去世了。没酉
从小跟着爸爸一起航海，在一个2月12日的黄昏，
他们的"梅花K号"发生了海难。暴风中，救生艇被
其中一个船员偷走。

没酉被爸爸抱进一只木桶里，爸爸和她说的最后一
句话是：不要害怕。所以她从不害怕。

木桶迅速与他们的梅花K号冲散，之后没酉被另一
艘船救了上来。当她再次醒来时，她接到爸爸和其
他船员遇难沉没的通知，但并没有找到沉船和尸体。
从此没酉成了没有战友的孤儿，她一个人站在镜子
面前说：我们在别的地方见。

之后，她梦到爸爸的"梅花K号"停在一个开满樱

花的岸边等着她。那艘船近在眼前，但怎么跑都跑不过去，她一再地错过登船时间。

没酉坚信爸爸还活着。她说爸爸是天生的船长，就是他在成为船长之前就已经是船长了。他没有死，他只是跨越了世界的边境，就像被分屏了。而分屏的时长是不同的，也许他的那边已经过了几百年几千年，也许他已经换了样子。总之，她必须要越狱出去找到他。

没酉拿出一条红珍珠项链告诉八郎，这是她出生时，爸爸给她戴上的"传家宝"。是爷爷在一次航海时，那只红脑袋乌鸦找到的。当时他被乌鸦带入一个山洞，在山洞深处发现隐藏着一口满是沙子的老枯井。后来爷爷从井里拉上来一只木桶，从桶里的沙子中取出这些珍珠。

当时他们并不知道关于红珍珠的故事，后来才知道这些珍珠是阿道夫土豆先生的宝藏。传说中在很久以前有一颗长生不老的珍珠树，后来珍珠树被吞没在大洪水中。很多人为了红珍珠的"长生不老"而丧命，所以这些珍珠被誉为厄运之最。

"等时候到了，我会把它们再次放入大海。明珠就像奇迹，只会落在配得上失去它们的人手里。因为那个人拥有大海般的心，才能够接得住这一串厄运。"没酉说。

原来，他们这支小乐队一直在沉默中为没酉策划着越狱。还在图书馆发现了一个古老的，由 8 块龟壳拼成的格子棋盘。他们听奥斯卡说要找到"金鱼集会"的红色斗篷，斗篷从棋盘上飞过，就进入到另一个时空舞台。

小命儿说：奥斯卡是个故事大王。他说过，我们可以穿越到自己的故事里，故事里的自己也可以穿越到我们的此时此刻，我们在"我们"的互联中"造梦"。

王子说：所以，世上只有一个真正的故事，就是自己的故事。所以，"我"有多大，我的故事就有多大。

没酉说："我记得一个猫头鹰的故事，它有隐形的羽毛和透彻的眼神。传说它会在午夜的阳光下泛起刺穿一切表面的光，那种光不属于任何颜色也不是透明的，而是没有颜色的。它只为爱而发光，绝不会随便施舍。但这世上没人能看见它，所以它从没有发出过这种光。"

这时，八郎接着讲："它在无拘无束的锋芒中招摇过市，直到有一天，它遇到了一首铃铛中传来的心声，于是拼了命跟随这个声音去翻越一层层天涯海角。在筋疲力尽的夜里，落到了一个点着蜡烛的阁楼窗台。烛光照在对着窗的镜子上，一束没有颜色的光正如传说中那样向它刺过来，刺破了所有心声。终于，它们重叠在一起。"

没酉说：你怎么会知道这个故事。这是我在梦里看到的"电影"。

八郎说：我好像"见过"这个场景，还看到一片红色的花海。

小命儿说：你就如同是分屏里的人。也许那个场景你还没有发生，也许那个你已经变了样子。

王子说：你们就是某个"续集"，并不是发生在同时间线上的延续，而是被卷曲到另一个时候另一个故事里。

八郎说：今晚，我们从后门出去。

午夜。大家集合在大院儿后门，却发现这扇门和墙壁是连在一体的"死门"。这时，猫王走了过来，地上的落叶跟着它王者的脚步刷刷作响，它走到后门旁边的墙角。八郎发现墙角处堆着几块石头，他移开了七块石头，石头后面有个隐秘的小洞。

八郎从洞口望过去，洞那边是白天，看似无关的异形建筑被一条曲折的护城河环绕。然后他看到最左边的一个半月形尖顶房子，正是他们所在的"大院儿"。

原来，洞里和洞外是数个镜像折叠的世界。八郎将洞口的砖拆了些下来，拆开了一扇"活门"。接着，八郎又将每人解下的一根黑鞋带编织在猫王脖子上，系了个蝴蝶领结。之后，大家悄悄走进了洞口的另一边。

这几位流浪者顺着护城河一路辗转，来到一片开着白色野花的橡树林。王子看着低着头的花朵说："这些花为什么都困了。"

"因为它们太好看了。"小命儿说。

"因为别人都没它好看。"没酉说。

八郎看到小命儿露出了笑容，笑容里有一首没有语言的歌，歌声中有镶着天堂的锦花布。这张笑容铺在了伙伴们的脚下，白色的野花变得闪光。在闪光中看到一颗参天的橡树上挂着个牌子，上面画着一个无头的人像，双手高举着黑色太阳。

他们从牌子下面进入到树林之中，钟声开始回荡，周围的树叶随钟声不断落下，像落下了一层世界。然后，很多只灯笼被无形的手点亮在四周。眼前出现一座白塔，一座黑塔。两座塔之间聚集了好多国王和平民，各式各样的金鱼摊位融入在这个神秘集会中。

他们继续沿路搜索，看到一位皇冠被摧毁的国王，往装满金币的鱼缸里流着眼泪，一条小鱼随着泪水从幻象的水池中升起。看到一位围着面纱的女人用一只鱼缸将头顶处的泉水倒入脚下的另一只鱼缸，把银河之水引向了大地，复苏了几条星星。

他们一眼接一眼，就像一世界接一世界，依然没有闻到任何关于红斗篷的味道。

直到太阳快落山时，没酉突然看到一个被放置在老树洞的鱼缸里有两条黑色的大尾巴金鱼，半透明的尾巴游起来像孔雀开屏一样，红色的纹路若隐若现。两条鱼朝着反方向交错着游来游去，其中一条转向，另一条也随即调转。它们在两极中心心相印，水中形成一个个"8"字的波纹。

没酉突然说："这些绕成8字的金鱼尾巴就是红色斗篷。"

这时，一位头戴红色花环的独眼龙从王座上起身。他说："好眼力。这两条鱼叫做闪电，它们的尾巴会说话。"然后这位独眼龙自豪地说自己曾经是个水手，还说其中一只差点被他的船员偷偷换了金币。他说那些人看一眼金币，就忍不住变一张脸。

说完，他从王座下面取出一个烟斗，又从烟斗里倒出来一支用过的铅笔头儿送给没酉。铅笔头上面有个黄金的笔帽，他说这是一支永无止境的铅笔，还让没酉要记录下金鱼讲的故事。

后来，他们把透明的鱼缸放在棋盘上。两条金鱼在棋盘上绕着 8 字，红斗篷在格子上画出了地图，没酉用铅笔在地图标上定位。然后他们把鱼缸砸碎，两条闪电飞进了护城河。

根据定位，他们来到了一个卖生命植物的花市，八郎看到一个老树根和他打了个招呼。然后他们又走上一条很陡峭的白色楼梯，上来之后是一望无际的金色麦田。王子说脚下的土地仿佛在跟着他的脚步移动，也可能是自己在跟着土地移动。小命儿说感觉这些麦子会吃人，或者他们已经进入到了一个肚子里。走着走着，前方出现一个巨大的红色摩天轮，他们被脚下的麦田带领着，朝摩天轮的方向移过去。在移动的过程中，发现周围还有很多不同颜色的摩天轮。

接着，大家来到红色摩天轮下一个横着的，亮着"8"字形灯箱的门口，门口的人说这里是"工厂俱乐部"。

他们走进去发现里面是个自定义的"星球影院"。每个工厂都在各自的时候定制各自的世界，通过不同主题的洗手间暗道进入不同工厂。

他们听到旁边的人正议论着，刚才从工厂里出来的人变了样子，不是之前那个人了。还说那些人在里面时还认识，出来谁也不认识谁。

通往工厂的每个洗手间门口都分别挂着广告牌子。

天气工厂：转移空中急流层，给你一场阴雨，更可以还他一场风暴，玩转你糟糕的好心情。

电子工厂：运用电离层透视反射，真情回馈一款大气有毒物质。可阻断通讯信号系统，也可破坏生物神经系统。如果愿意，可以杀死一条命。当然，也可以杀死半条。

生日工厂：制造断层带，引发地震，定位海啸。懂你，像家人一样。

节日工厂：循环极光，球形闪电，黑洞炸弹。如你所愿，伴他成长。

噪音工厂：改变能量空间，只适合不坏之身。请慎用。

后来，他们进入到噪音工厂。

工厂里是一片渐变的紫色天地，酱紫色的夜空中漂浮着忽高忽低的银色光球，有些降落到半空，有些降落在周围。一条彩虹铁轨上跑着播放音乐的留声机喇叭，跑向远处一座发出光柱的空中楼阁。

轨道中间有个闪灯的圆形舞池，他们走上舞动的格子地板，各种紫色从脚下一闪而过。

舞池上展示着手写的绝版歌本，展位上一个烫着爆炸头，头发里夹着个小蝴蝶结的男孩问没酉："是你吗。"

没酉说："是的。"

他接着问："你要去哪里？"

没酉说："去找一个尸体。"

没酉接着说她会唱这些歌，然后拿起其中一首开始演唱：

"他穿着白色衣裳 去教堂祈祷 听到地狱的喧闹

他穿着黑色衣裳 在墓园咆哮 见到精灵在祷告

我问白色衣裳 怎么会生出黑色衣裳

他打开柜子 把过季的骨架丢掉就换上了黑色衣裳

他关上篮子 告诉我小心完美的鸡蛋配不上铁石心肠"

这时敲响了午夜 12 点的钟声，一个骑着独轮车的人出现了。他穿着连帽的黑色斗篷，独轮车在他宽大的斗篷里若隐若现。

然后，他对没酉说："好久不见。"

大家终于见到了这个闪着彩灯的旧轮胎转盘。没酉转到了一张"13 号旋风"的船票，小命儿转到了双肩包，王子转到一把匕首。

他们把奖品都交给了没酉，同时也交代了他们无声的默契：反正如何开始，都一样会结束。

下大雨了，天空中划过一条条的闪光。没酉戴上她的黑色毛线帽子说："畅通无阻的时候到了。"

然后拥抱了八郎，这个穿白色衣服高个子的"老同学"。

八郎弯下腰来，把他的那颗黑石头挂在了没酉脖子上，对她说："这是代表爱的奖牌，一颗为你而燃烧的太阳。"

随后，没酉带着太阳登上了那艘旋风。

八郎在衣服兜里摸到了个东西，原来是没酉在临别前把她的珍珠项链放在了八郎的口袋，把"奇迹"装进了大海般的心。八郎握着她的情谊，红了眼眶。

_____

第四章 002004

11:58

第一节 18890504

10 月 30 日，八郎来到一间村子。虽然是早上却见不到阳光，八郎走在阴暗的石头小路，看到村里的人灰蒙蒙的。他们眼神空洞，形态疲惫，就像是被扭曲了的鬼魂。路旁的老式红色电话线早已经断开很久了，不过他们好像并不知道，或者就是他们自己剪断的。

正在这时，两个灰色人猛地嗅到八郎，空洞的眼睛里仿佛冒出绿光，不由分说就开始狩猎一样的追杀。八郎跑过了几条小路，迅速跑上一个摇摇欲坠的防火梯，上到了另一层地面，才发现刚刚是个地下城。

在这个地面上的道路两边是一个埃一个废弃和半废弃的教堂和枯树卡在一起，不知道这些树和教堂到底是谁枯萎在先。而人们早已撤离，遗忘它们赶往另一个墓园。

八郎走入了其中一间白色的教堂，拱形屋顶的正中央破了个大洞，从破洞周围掉下天国的壁画碎片，自由落体在腐烂的椅子上。在这浑然天成挂满死灰的乐园中，还散落着一些被肢解的蜡像残体，这些粉身碎骨像是来自一场失败的过山车大逃亡。

这种感觉仿佛被跳到生命消失的某个瞬间，与这个瞬间相连的唱片卡顿在了跳针的音阶。

世间场景都是世间故事的遗骸，遗留或重建都是一种诉说，诉说着如何从落魄到落魄。但对于八郎来说这些远远不够……

已经接近中午 12 点，八郎看到另一间半废弃的教堂，是个警察局，于是他走进去问路。

一个七八十岁的老警察沮丧的对八郎说，这里的人得了一种迅速衰老的疾病，是一场因核泄漏后持续的瘟疫造成的。衰老的基本速度是一年等于四年的能量在消耗殆尽，衰落之后所剩下的孤寡废人，不再种田也不再有理想，人们在忍饥挨饿中跌跌撞撞。

"会很快死掉吗？"八郎问。

"不会。只是会不停的老。所以这里的人会吃掉年轻人，妄想着枯木回春。"老警察说。八郎明白了刚才自己为什么会被饥肠辘辘的灰色人追杀。

因为恶劣的气候，连雨水都具有腐蚀性，雨中还会混合着刀片般的碎冰茬，甚至还有像半个婴儿般大小的冰雹，像是寻仇一样瞄准着行人，雨伞和防弹衣是必备的生存用品。老警察边说，边递给八郎一把红色雨伞。

"我从不打伞。"八郎说。随后，老警察开车把八郎带到皇家生物研究所。临走时对八郎说：小心点。

八郎看到一栋藏在山坡之间的四层长方形楼体，白色老砖墙的最上面有一间红色阁楼。面向稀疏的树林，背向即将干涸的河谷。唯一的一条通往山坡的土路边开着深红色的野花，花瓣上盖着一层灰。八郎沿路走上去，楼前面是玻璃温室，周围有一片沼泽，旁边写着"小心鳄鱼"。

一位穿着白色医生大褂，礼貌得体的女士站在沼泽的小桥上，热情地对八郎说："我是这里的林医生，代表全体工作人员感激你能加入我们的研究队伍。"

林医生告知八郎，这是一个在老城墙的基础上改建的全封闭研究所，研究对象是一些稀有物种。也就是具有特殊基因的孩子，他们身上携带天生的病毒抗体。

接着他们走进电梯，八郎看到林医生在遥控电梯上的监控系统，她手里有个与镜头相连的显示器，她正在记录着八郎。

林医生说这里的所有人都是"模特"，所里有个"识别图库"。研究所的组织者是个克隆设计师，大家都叫他"克隆先生"。他的档案是假的，身份是假的，他的真相没人知道。

他不断地在更新身份如同不断地在更新着技术。比如他可以复制一棵树的细胞再生成这棵树的"双胞胎"，用相同基因生出独立人格的相同面孔，也可以模拟出完全一样的，不会做出不同选择的同一个人。

而新技术层面来说，他可以生产出不同脸孔的"树"。这是一种比较极端的生成模式，可以将死人复活成另一个人。

八郎听着林医生的介绍，同时也在心里想，这位克隆先生在这里的身份也许是另一个他的克隆版。也许并没有什么其他版本，这个他就是原版。克隆只是在掩人耳目的一种说法。然后，八郎被林医生带到了克隆先生的办公室。

屋里铺着红地毯，红毯两边像百宝阁一样的柜子上整齐地码放着蓝色资料夹，窗台上晒着一排研究成果的各项奖杯。中间六芒星图案的办公桌后面坐着一个戴黑色礼帽的男人，细长的眼睛，讲究的小胡子，挺拔骄傲，没有年纪。

这位克隆先生安排八郎坐在了办公桌左侧的沙发上，然后对八郎说：这里被衰老之前，流行一种"智能鬼娃"。人们随身携带一个玩偶机器人，每个玩偶机器人和"主人"是联网的同一个人，具有使用者的一切感知和数据。它们主导了使用者的工作和生活，然后人们的主观被驯化的更加彻底，丧失了自理思考的能力。所以智能鬼娃已经远比使用者更加敏感和可靠，并且可以分身成两个身体，三个身体。人们为了竞争，开始盗取鬼娃之间的机密。"主人"退化成了玩偶的奴隶或是窃取他人鬼娃能力的小偷。

瘟疫是在这之后的体能退化，同步了早已开始的精神退化。我们必须去开发延续那些罕见的具有不可替代性的生命基因，超自然的就是超级自然的，那是无敌的智能。样子不同，记忆不同，甚至物种不同都有可能是同"一个人"。所以"我"只是不同的错觉。

八郎说："那么你能代表你吗？你能代表他们吗？"

这时，八郎听到身后一阵脚步声，另一位穿着白色大褂的女士走进来。在模糊不清的，从口罩后传出来的对白中，交给克隆先生一叠文件。克隆先生把文件装进不同编号的档案信封，然后放在了百宝阁上的蓝色资料夹里。这些像字帖一样的白纸黑字从八郎眼前闪过，其中一张竖着四个字"真命天子"印在了八郎眼里，被装进了 2033 号信封。

然后克隆先生在八郎旁边似乎不经意的说，这个研究所是因为曾经一位来自外界的，编号为 2057 的女婴而成立。她从纯净的黑暗中来，她的程序是漫无目的朝着一个方向滚动，然后在铃声的庇佑中，进入一条桂树丛生的崎岖之旅。后来这里的孩子都用编号代替名字。

接着，他从蓝色资料夹里拿出一份编号为 2016 的档案，他说这就是 2057。八郎问为什么上面写的是 2016，他说 2016 就是 2057。然后他继续对八郎说，这些孩子都是经过周密的安排而进入研究所，他们是具备多元 DNA 的稀世珍宝。比如 2057 的案例就是她具有不会衰老的细胞，但是被移植者 2016 的副作用是记忆错乱或间歇性失忆。

"那么 2057 怎么样了？"八郎问。

"2057 换了编码，被一位不速之客接走了。"克隆先生回答。

八郎明白了，研究所的这些医生就是由智能鬼娃发展而来的"精英"，相当于人类自己制造出的完美人类，现在这些精英取代了制造他们的人。同时，他们想获取的是他们的制造者以及他们本身都不具备的那些超自然生命基因。

之后，克隆先生安排那位送文件来的女士李医生负责带八郎去他的房间。他们走在肃静的楼道里，李医生隔着口罩的回音让楼道显得更加肃静。
她说："每当人们感到大难临头时，就会把那些看起来并不善良的孩子从一群看起来的善良中检举出来，而他们往往就是最优秀的孩子。我们利用人们回避真相这一弱点，乘虚而入。"
八郎观察到，从这些"精英"身上流露出一种真切的老态，仿佛腐败已久的灵魂住在一个还没有彻底腐败的身体里。他们和他们的制造者有一样的气质，藏不住的饥饿感出卖了他们，他们完美的继承并提纯了他们所厌恶的那些缺陷和弱点。

八郎被带到三层尽头的 13 号房间。房间很大很空很白，他来到洗手间的窗边望出去，阴霾中下起了雨。他打开窗，雨水溅到白色窗框上，溅起一个个紫色的泡泡。

八郎从房间的后门走出去，是一条长长的白色走廊，走廊两边是儿童"教室"。教室房顶的正中间是一道白色日光灯，浅绿色墙体的窗户上挂着厚厚的白窗帘。所有椅子上都附有一套安全带，就像是汽车后座一样。后来，他发现研究所每一层尽头的房间都连接着一条这样的走廊。

在四层尽头是个套间结构的"儿童游戏中心"。房间内画满了涂鸦，零乱着一些小推车和简单的玩具。里间是个儿童小剧场，在挂着白色幕布的舞台上有一只红色小熊玩偶骑着一只白色的木马。舞台下方的墙体上涂鸦着：伴我同行。

后来，李医生不知为何想为难八郎，故意在背后去说了一些什么。还和八郎说他的房间格局是最难打扫的，没人愿意住。

再后来，八郎被通知去负责一个编号为 2033 的孩子。他们和八郎说 2033 出生时全身是毛，九条尾巴。还说他杀了自己的父母后，在森林里放了一把大火。后来被砍掉了尾巴才慢慢变成人样，是这里最危险的研究对象。

这天。李医生带八郎来到 2033 的房间后就离开了。房间里布着铁栅栏被严加管束，他像只野兽一样趴在地上，眼神桀骜难驯得像刚咬死过人。八郎关上房门，用同样的眼神一问。然后 2033 对八郎说："你不用对我微笑。"

于是，他们就这样"相认"了。在之后的相处中，八郎在 2033 的讲述中来到了他的世界。

12月25日，2033出生的这天。火星晃在天空中，晃出的光影荧荧似火捉摸不定。世人认为这是上天表明将有大祸的天象，所以2033也就成为灾祸的天选之人。

几年后，2033在东极山脉救了3条受伤的小蛇，他在鹿台山的森林中采到了菖蒲草药，医治好了它们。后来3条小蛇瞬间长成大蛇，而且3条变成了9条，还长出了脚。

他的妈妈也和其他人一样，认为他就是个祸星。于是砍断了其中一条蛇的脚，之后把他卖到这里。从此，他们封存了他的档案。

正如李医生所说，这些孩子都是被亲人送进来的那些最不合理的"怪孩子"，这种程度的认证刚好给研究人员提供了便捷，轻而易举地将孩子们收集起来用于实验。或许"天才"之所以如此罕见，是因为他们往往在天才被发挥之前，就会立刻被人们举报。他们的维度不在这条枷锁里，他们的系统不听指挥。他们会改变游戏规则，他们会赢。

这天中午，八郎认识了2033在这里的小伙伴。他们会趁着午饭时间玩一会儿游戏，叫做《鬼话》的小游戏。大家在意识里手拉手围成一个圆圈，通过意识里的蝴蝶一句接一句的与外界对话。只要问对问题，蝴蝶会揭晓一切答案。

01370是2033在这里的第一个朋友。她来的那天，在被拍下第一张照片之前，迅速决定自己是傻子。她说："我是被我喂活的影子，感觉马上就要得到我自己了。"那些医生一直相信她不知道如何开灯。
2033 说 01370 可以摆出最离谱的清醒姿态吸引来其他的"傻子"。后来，他们这个小游戏就有了 6 个傻子。

6600。她躲避着不可见的追踪，她蒙上陌生人的面纱，她乔装成她。戏自己演着，她站在这出戏之外的顶端，有着完美的不在场证明。

1889。他来自另一个时钟，在凹凸不平的泡沫中，走过了 18 次呼吸，72 次心跳。跟随过拿水瓶的人。吃过六颗石榴籽。睡过最早生长庄稼的地方。

0624。她是一个火炬手，她说自从一道黑暗之光击中了高塔，她的头顶就一直燃着火焰。

0259。一把箭压弯了时空，把他发射到多个面孔。他说把我变没了，就没有我可以和自己竞争了，就藏起来了，就不用藏了。

晚上。八郎进入到停尸间般冰冷的"识别图库"，他在一排排被编号的金属箱子中，拉开了一个编号为"111"的箱子。里面是由宝丽来照片记录下的 21 个孩子在不同时候的不同细节，认真到不放过任何一眼。

只是这些照片中的他们，事实上都不是他们，也可以说他们始终不在。他们处于不同位置的叠加状态中自我生成，一旦被观察，就即可隐身，因为他们所具有的反侦察观察者分身的视角是不同的。也就是他决定你看到的面目，但你不可能知道他们是怎么做到的。

研究员只能看到这些"目标物"的其它价值，而对于
目标物本身没有任何感知。这些全记录只是记录着
一场空，他们的实验也终将是一场空。有些事情被
描述的越是滴水不漏，反而越是证明背离本质。"真
相"一旦被概念化就错过了它，最后只会得到一个
具体的阴影。

星期五，八郎来到玻璃温室。八郎从沼泽上的小桥
走进去，里面遍布着茂密畸形的食肉植物。他看到
植物丛中有两个人影，是克隆先生和林医生。八郎
听见他们正在低声谈论着自己，他们说八郎可以拯
救千年枯树，因为八郎身上具有使死树重新开花的
细胞。

谈话中透露他们进行生物研究的根本目的是想获
取能源，弥补他们自己的漏洞。但是这些天然基因
无法在不同源的其他身体上成活，他们在求而不得
中走火入魔。如同人们善于惩罚那些真正的与众不
同，之后又极力地在模仿着他们。
八郎想到如意说的，不要试图唤醒傀儡，应该毫不
留情地将无法治愈的"病人"根除。

这天夜里，八郎梦到自己降落在一个鳄鱼岛的岩石
上。他走进岩石里面正在举办的宴会，然后来到最
后一个房间 2016 号。看到一个穿白衣服的老太太

正在给一只黑猫梳着头发。八郎拿出一根黑色橡皮
筋在手指上套成一个四方形，像镜子一样对着她。
老太太照了照这面镜子变成了年轻女子，她微微笑
了一下，开始梳她自己的黑头发。

接着，八郎从梦中缓缓醒来。他似乎感觉不到自己
的身体，眼睛也无法完全睁开。在他逐渐恢复知觉
中竟发现自己全身赤裸着被绑架在一张床上，他的
胳膊上腿上都被打进了透心的弯钩钉子，穿射进身
体的每个钉子上还插着管子。
他从眼前飘渺的烛光中看到林医生和李医生穿着
晚礼服，克隆先生将一个装满白蛇的骷髅头骨放置
在一张羊皮契约中央，然后他们依次在契约上签下
了他们的名字，跟着念起召唤魔鬼庇佑的祈祷词。
仪式之后，他们拿起高脚杯掷着骰子，醉醺醺地从
那些管子里抽血灌入酒杯。大家沉沦在狼藉中，无
法被解渴的欲望变成烧心的漩涡。
他们似乎还不清楚自己正站在漩涡边缘，守护随时
会被熄灭的虚假之火。魔鬼会成为他们生命中的天
使，赐予他们痛苦，没有动机的纯情的痛苦。

八郎从半昏迷状态中缓过来，这时他们已经结束了
游戏，剩下酩酊大醉的克隆先生趴在床边，手里拉
着根管子。八郎趁机拔出连接在身体里的钉子，将
管子紧紧地勒在了克隆先生脖子上，同时把钉子插
进了他的喉咙，克隆先生挣扎了几下之后就死掉了。

八郎清醒地起身拔出所有钉子回到房间，在浴缸里用药水冲洗了一下，然后换上衣服。此时的八郎异常冷静，他来到手术室拿上斧头，带上2033。

2033拿着手术刀紧跟在八郎身边，他们从一层到四层将伪善赶尽杀绝，研究员们如人形植物般被粉碎成人形碎块。然后在儿童剧场见到了正准备从窗户逃生的林医生和李医生，2033像狮子一样冲向她们，林医生迅速拉住身旁的李医生挡在了自己前面，手术刀冲进李医生的身体，她倒地而死。接着，林医生拉住绑好的绳子，执着地迈出窗户。八郎砍断了绳子，林医生从半空中摔在植物温室的玻璃顶上，插满玻璃碎片的身体不小心掉进了沼泽，喂了鳄鱼。

八郎让2033带着其他孩子到大门口等他。他一个人来到阁楼，和他梦里一样是个编号为2016的房间。

他用斧子劈开门锁，里面一位黑色头发，白色长裙的女子正在镜子前点着蜡烛，然后把蜡烛放在了镜子对面的窗台上。就像是等待着终极对决。

她说："我等了你很久，那些人一路杀过来，都不是你。你不一样了，不再穿华丽的套装，又重新长出了翅膀。他们认为你是我的想象，以后也没有人会相信。"

八郎说："不是不一样了，是你记错了。"

那个女人又说了句："照顾好他。"

八郎没有再回答，一斧头砍下了白裙女人的头，她的血顺着脖子淌下来，一片洁白倒在了鲜红之中。

八郎看了一眼点在窗口的烛光，放下了斧头。走出研究所。

这时，2033看到从路边的野花下面飞出很多只蓝色燕尾蝶，抖落了花朵上的灰尘。八郎将红珍珠项链交给了这些被放飞的孩子们，他们将把研究所改造成一个为理解寓言的人提供服务的秘密协会。

2033给密会画了个标志：一滴露水中开出四片花瓣。

这个新月，人们簇拥在龙舟码头。八郎和2033回到了K3a星球，如意给了2033一个名字"周不谷"。大家走下深水步道的石梯，左右两边分别是两片海，前面也是一片海。八郎看到海中隐约着一些黑影，然后不谷从头顶发出一种声音，这些黑影涌动了起来。不谷继续发出来自头顶的声音，海中也发出声音。海浪在这种声音的谐振中渐渐成型，形成一个个巨大的身影从海天相连的深处翻涌在眼前，在月光下显现出墨绿色和赤金色相间的龙头和龙身。

如意对不谷说："你归我了。"

不谷抬头看着如意说："那能归你多久呢？为什么是我呢？"

如意转过身，边走边说："我不喜欢他们，因为他们都不是你，以后你也不是你了，所以我只能现在喜欢你。"

不谷跟了上来说："能在现在真好。"

星期五中午 12 点，大家聚集在第 24 级台阶的房间开"茶会"。不谷把茶会内容定义为"玩儿法"。然后他用羽毛笔画下了图案，像是一团火上升起一双脚，像是一只鸟的肚子里扯出了一条龙，像是一架梯子上攀登着一把镰刀。仿佛一切都在移动，移动着回到曾逃离的地方。

他将这张"鬼画符"折成了纸飞机，然后将邀请函发射至窗外。他说鬼画符只是障眼，留白的部分才是玩儿法本身，收到这份留白的就是自己人。接着，他又画了 10 张发射了出去。

如意对不谷说："K3a 星球这场新兴的运动就是去发展我们生命当中天然的原始潜能。"不谷说："生命精神在哪我就向着哪。"

后来，八郎提议建造一个"棋局迷宫"。他说："进入向内探索的危险之旅，就像在逆流的漩涡中去感受和体现事物之间的共通与互补，如同物质的身体和意识的能量不是彼此的附属。只有贯通的，才是健全的理智与情感。"

数日后，不谷和八郎一起在元元堡垒前建造了一座由8行8列树篱交织组成的迷宫。错综复杂的树篱在一人宽的穿行距离间混然而自成世界。

八郎说："通过数据跨界的觉知，找出在一切成形以前就已经存在的通道。迷宫如同我们的宇宙，原本就是有机的一体，所以任何一个微小里都包含了整体的信息。如在其中，如在其外。"

不谷说：比如"1"不存在，1等于"3"。也许它是为了更好的隐藏自己，同时也为了便于找到自己，才把自己藏在了每个看似分裂的整体里。比如我看到了黑色的三个影子，一个大的一个方的一个红的。把遥远的数据信息叠加起来形成新的动力，克服惯性就等于飞翔，就是走出迷宫的捷径。

早上。不谷和如意来到正在工程中的地下宫殿，这座地宫是建在五色山脉之下的一个封闭水域里。他们先是经过深水步道，然后进入工地时有个暗号"没有"。接着见到了玛丽，在工作状态中的玛丽脸上总是洋溢着最明媚的天气。

玛丽向不谷介绍说：这是个与周围海域相通，但本身处于停滞状态的倒三角形"真空盒子"。就像一个真空沙漏，任何物品一旦下沉到这里，永远不会腐烂，完好如初。将来完工时，还要在塔尖埋下一颗磁场和星球磁场一致的"心脏"。

如意说：同时这也是个不会放置墓棺的"时间墓室"，墓穴周围是由石阶组成，石阶象征着轮回的时间坐标。时间如这些叠落的台阶，在折叠中被压缩或伸展，意味着同样多的能量，将会被卷曲在原来的部分时间或是加倍的时间发酵事件。

不谷说：就像死过的"时间亡灵"，给正活着的时间提供指引，它是度量能量换算的卷尺。我们把这个地下宫殿叫做"万年楼"怎么样，那么在地面上还应该建一艘船，叫做"浮生船"。代表"空间墓室"，也放置一颗共振的"心脏"。玛丽说：好提议。

傍晚，如意带不谷来到顶层的窗口观看彩虹军团在海峡基地的军事演习。然后如意从沙发后面拿过来一叠旧报纸，她打开报纸说："这张 5D 的味道可以完美搭配咖啡的味道。"
不谷闻到了从报纸的智能屏幕中散发出的油墨香和纸页翻动的感觉，然后显示出一则战争旧新闻。如同打开了一扇平行的窗口，他们从这个窗口观看着另一个海峡战争，海中的军舰空中的战斗机焦灼在一起，然后一座岛屿倾斜下陷，楼群坍塌。

如意说：这场战争是一场"骗局"，本质上是建国计划的一部分。由东方和西方其中两国的联合，在南海的海域爆发，迷惑他们共同的目标。真正重要的事从来都不是为了大部分人而发生的，他们将在世界大战的掩护之下，去重拾一座沉没几个世界的

"幽灵岛"。之所以是幽灵岛，是因为我们现在还没死。

不谷说：这个旧新闻是未来。

这时，7号走进来。他站在窗口说：未来的我们会再次步入"遗忘症"，然后走投无路时，又走到复兴再土崩瓦解。在循环的造化游戏中，战争只是人们精神灾难感召而来的一种形态共振。如同自然本身从不存在失衡，所有看似失衡的本就是平衡的一部分。

不谷说：即使错过了世界之战，也错不过一场个人的世界大战，人们终将被自以为是的反噬。不同的"摧毁"是不同生命的必然，这是在残酷现实中，并不特别的残酷事实。

后来7号让不谷了解到，"信号"部门在开发"远距离影响"的军事运用。

7号说：目前正在进行的是用"电子音频"消除记忆或是植入记忆，如同是被一道压缩的闪电击中，通过制造记忆变更，制造超级间谍。比如我们在同一个身体里植入完全独立的记忆系统，而被植入的原生人格系统对这套新人格一无所知。我们可以远程遥控部署这个身体，新人格被系统中发出的同频电音激活或注销。即使在执行任务中被捕，即使那个身体被施以酷刑，原生人格也绝不会泄露他不知道的信息。

不谷说：一个不在场的间谍才是最完美的间谍。

第二节 19050621

不谷的到来，如意决定给自己放个假。她想驾驶之前旅行的旧马车出去逛逛。

星期五中午的茶会，老爷兴奋地走进来说：有一颗火红色的钻石，在数亿年前第一次被发现出现在人类世界，后来消失了。现在是红钻石第二次现身的时候，那是"续梦"的种子。脑壳留声机找到了它的位置在尘埃庄园。

尘埃庄园是一家古老的"能量炼药厂"，提供私密的订单服务。他们配送特制的植物药品，满足客户定制的各款"死于自然"的要求。能量炼药师可以在自身去感知病人身体的情感，解读病理信息，然后通过精神能量的转化改变现实结构。

传说庄园还有一种返老还童的石榴药水，是庄园的祖传秘方。

这一次，如意将和八郎一起启航去往尘埃庄园。他们将以"订单"客户的身份，拜访庄园主人 J 先生。

秋分的黄昏后，一辆黑色四轮马车停在了庄园门口。八郎打开密封着黑纱的车门，然后，**身着黑色长裙和黑舞鞋的如意走下马车。**

她走到门前，看到在高耸厚重的黑色大门上方镶嵌着一个编号 23，但并没有指针的时钟。一个年轻人从庄园里一颗老枯树下的长椅上起身。这时，八郎也走了过来。

来给他们开门的是 J 先生的表哥邦迪，他长着一张会让女人生嫉的脸。邦迪说他是这里的"守门人"，他的眼睛因为直视正午的阳光而受伤，之后就再也不能见光，只在日落之后才会走出自己的房间。

J 先生不在家，他去接参加剧团演出的新娘，过几天就会回来。现在庄园里只有邦迪和管家莫莉夫人，还有在药房工作的马夫。

他们走进庄园，老枯树前是一片湖水，湖中央有个褪色的旋转木马凉亭。湖周围遍布着形态各异的雕像，它们穿着不同身份的服装，生动得就像是人体标本一样。

邦迪说庄园门口的老枯树曾是一颗几人宽的千年石榴树，后来突然就死了，石榴水的传说也随之干涸了。他说，也许这棵树就像 J 先生一样，为了追到他自己，放弃了自己的前程。

后来，邦迪把他们当作"蜜月新人"，邀请他们在庄园住下。等 J 先生回来。

莫莉夫人为迎接八郎和如意的到来，举办了家庭宴会。莫莉夫人除了是庄园的管家，也是非常出色的炼药师。她把庄园的日常工作打理的井井有条，对庄园主人和邦迪就如同是自己的孩子一样在照顾。

晚上 9 点整，温馨的宴会开始了。

马夫走过来对八郎说："新生的年轻人，出生是悲剧的开始，祝悲剧快乐。"

八郎说："悲剧本来就是理所当然的平常事。要祝就祝我可以放心地不快乐。"

八郎感觉到马夫刻意保持在一种醉和不醉之间的状态。

莫莉夫人走过来递给八郎一杯牛奶，接着说："有些平常事并非看上去那么平常。"

大家落座在餐厅中央的长桌前，莫莉夫人用心地给餐桌换上了白色桌布，黑色烛台上点着五只蜡烛，桌子中间摆放着大红色和深红色的鲜花。

晚餐中，他们了解到邦迪从很久之前，就患上了一种类似持续性植物状态的罕见病，对自身及周围的一切发生毫无感觉。大病初愈后，他的第一个真切感受就是生理上的心脏疼。心脏被捏皱，紧紧地绞在一起，攥成粉碎。这个心疼的感受非常鲜活，就像上一秒钟刚刚被粉碎。他说他就像做了个特别现实的梦，现在不确定自己是不是醒着。

他虽然醒了，但他却感受不到活着的心跳，并且不记得之前发生了什么导致这场意外，那段往事像是被删除了。

但他保有着自己的生活节奏和习惯，比如当夕阳的光线完全覆盖在那颗老石榴树身上时，他才会露面。比如只点蜡烛，不交朋友。他还会随身携带着一把红木尺子，量来量去。

邦迪说："9 月 11 日的夕阳，我回到了庄园。我伴着暴风雨，在一声惊雷中复苏了。也许是因为莫莉夫人配制的独家药方显了灵。"

莫莉夫人说：" 通灵就是通自己。是你自己显了灵。"

如意说："怪不得就连站在湖边的那些假人都显灵的像是真人一样。"

八郎说："他们看上去会跟随着日升日落，认真地换上角色，然后去分享一场宴会。"

邦迪说："是的。他们日复一日的相聚，安静的分享着自己。不为任何目的，不为点亮任何可怜的生命。他们只为了严肃的思想而充满神圣的喜悦。"

如意发现，邦迪对饮食的偏好和要求也是非常讲究精神的精确性。比如他会用他那把红木尺子确认土豆泥和苹果馅饼的数据，不同食物在不同餐盘中的不同位置，餐具之间的距离等等。还有一杯牛奶，必须是 369 毫升。

接下来，马夫说他和朋友们在外地的拍卖会上，看到一位传奇发明家的"悬浮元宝船"。这个元宝船在传说中是用七颗星星炼就而成，可以穿行于未知之地。人们对于这个传说的痴迷导致元宝船价值连城。

邦迪问："你怎么这么多朋友。"

马夫说："没办法，生活所迫。"

莫莉夫人看向了一边，然后说马夫肯定是又喝多了，开始说梦话了。

如意接着说："这位发明家的另一样作品"脑壳留声机"更是拥有无法预估的价值。这部留声机可以召唤任何你想见到的人，但是这个传说似乎只是个传说，因为并没有人见过。"

"如果可以召唤谁，我就召唤我的"心跳"可以快些到来。"邦迪摸了摸缠在他手上的白色手帕，当真地说。

然后，邦迪问如意："外面还有什么好玩儿的坏故事吗？除了地心基地闹鬼这种旧事儿。"

如意说："地心闹鬼的事实早已经不够坏了。不过有个关于大山幽灵的故事，这座大山四面都是连绵叠立的巨石，这些巨石由盘山的蟒蛇捆绑连接在一起。后来，有20万只蝙蝠从地下宫殿飞出，盘旋在这座大山上空。然后维系在山体之间的蟒蛇突然离开，巨石像积木一样塌了下来。好多人在逃命，人踩着人往上爬，据说蝙蝠们是在搜索那些把它们从家驱逐的人。"

莫莉夫人一脸遗憾地说："真希望这种事情都只是故事。别怪我无法知道神，因为我还不知道自己。"

在简单的对话中，如意察觉到一场各怀鬼胎的游戏开始了。

同时，八郎也看到如意和在 K3a 时完全不同。她本能的投入到"无我"的游戏模式，成为多个经典角色的叠加人物。她似乎开启了一种"光刻视角"，可以 360 度把四周全景扫描，同步复刻。然后随时开始第 7 感的心灵表演，根据不同对手，精准切换。

宴会后，下起了雨。邦迪对如意说："和我一起比赛骑马吗？"

如意回复他说："请你去找别人吧。"

于是，邦迪接着邀请八郎。他用激将法想让八郎和他比赛，被八郎再次拒绝，八郎感受到邦迪莫名的敌意。

之后，如意和八郎在雨中各自散步，分头探一探这座庄园。八郎淋着雨走在湖边那些雕像中间，仰着脸享受空气在雨水中的窒息，然后听到雨中传来哼歌的声音。他随着歌声来到庄园后院的角落，看到一间灰色石头砌成的小药房。里面亮着光，他刚准备敲门，门就开了，但药房里并没有人。屋里堆满了不同尺寸，布满尘土的柜子。

他在这个"柜子套娃"般的空间中，一个柜子里的柜子里发现了一些碎瓷片，碎片中有一把刻着字母"T"的银餐叉，还有一张被揉皱的纸，八郎把纸轻轻展开，上面写着：

亲爱的 TiTi：

我们对您在推动能量医学研究发展上所做的贡献表示至高的感谢，特此献上这座水瓶奖杯。

能量医学协会

原来，这些碎瓷片是一只"水瓶奖杯"。

雨停了，如意看到从庄园的阁楼窗户里闪过一束不寻常的红光，于是她上去一探究竟。但阁楼门上挂着一把生锈的锁，看样子已经被锁住很久了。

她从阁楼下来后见到邦迪，问起关于阁楼房间的事儿，邦迪说那个房间从不打开，莫莉说那里不需要打扫。

这时，八郎走过来，拿出银餐叉很"平常"的问邦迪，有没有见过这个 T 字标志。邦迪看到这把餐叉的反应就像是见到鬼一样，猛地往回退了一步，然后小心地接过这把烫手的叉子。轻轻地摸了一下手柄上的"T"字，同时闭了一下眼睛，他的目光似乎在这个瞬间潜进了他心底被遗忘的哀伤之中。

接着他迅速恢复冷静，坚定地说没见过。还强调庄园所有的餐具上都是"J"的标志，又补充说银餐叉是炼药的灵魂工具，莫莉夫人对这些就很懂，她还一直供着医学会曾颁发给她的一只水瓶奖杯。

之后，八郎和如意说庄园后院那间小药房就像是庄园的缩影，堆满了棺材。并且是有人故意引他过去的，还说了水瓶奖杯事实上是属于一个叫做 TiTi 的人。如意说这里似乎有个幽灵在指引着他们引爆一颗等待中的炸弹。也许会炸毁整个庄园，但这让她感到刺激。

又一个黄昏后，邦迪出现了，他戴着白手套，准备去骑马。这次，八郎终于答应了邦迪的邀请。两人来到湖中央的旋转木马，八郎挑选了一匹黑马，他说如意会选择黑马。邦迪用红木尺子视察了每一匹马，最后选了一匹白马。

整片湖都跟着木马一起旋转了起来，飞起一层层湖水，然后像喷泉一样从天上洒下来。一场疯狂的赛马开始了，他们在雨中浪迹天涯，最后全身湿透。但谁也没有追上彼此，打成平局。

邦迪对八郎说:"在我看来,还是我赢了。但奖品是你的。"说完,摘下他的白手套送给了八郎。

两人一起回到庄园,客厅里传来嘈杂声。莫莉夫人说心爱的奖杯不见了,怀疑是被庄园里某个人拿走的。如意被他们吵得没有心情参加晚餐,跟八郎打了个招呼,就一个人去散步了。之后,八郎看到莫莉夫人独自去了阁楼。

晚餐后,大家在餐桌上玩儿纸牌。八郎聊起了能量医学的事儿,马夫立刻夸奖莫莉夫人是最厉害的炼药高手。莫莉夫人正高兴时,八郎说,庄园里有没有一个叫 TiTi 的人,也会炼药。莫莉夫人的脸顿时僵住了,马夫打岔地说:"没有这张牌。"

当邦迪抓牌的时候,说了句:"奖杯是我打碎的,碎片扔了。"莫莉夫人宽慰他说:"碎就碎了,那都是老故事了。"

八郎打出一张牌,随口说:"其实每个人都很清楚自己想要什么,但并不是谁都有勇气心口如一。"

莫莉夫人的脸色更难看了,马夫也不再打岔了。

随后,八郎将手里的牌扣在桌上,就起身离开了。邦迪把牌翻过来,是一把同花顺,他明白了"赢"的意思是可以决定何时输。八郎游戏的是牌局本身,因为他把自己看作是局外人。

如意晒着月光,走到湖中间的木马凉亭坐下来,边发呆边回想着来到庄园后的发生。一只蝙蝠飞了过来,落在旁边一个土堆上,如意感觉到在被湖水冲掉的松动中有什么在闪着光。

她走过去看到从一处泥土中透出红色的东西，她顺着这个红色挖了下去。结果竟然是一具穿着红裙的无头尸体，这具尸体看上去被埋在这里有一段时间了，已经腐蚀得只剩下骨头，在尸体手中握有一条绣着黑色羽毛的白手帕。

她预感，这具烂泥中的尸体将会把庄园送上无可避免的穷途末路。接着，她在裙子上抹了抹手，又拍了拍身上的泥土。不紧不慢地回到庄园，把大家集合在旋转木马。

莫莉夫人看到尸体后，腿一软靠在了旁边的树上。邦迪认出这条手帕和他自己的一样，他不禁大惊失色。坐在地上开始揪心地疼，他感知到这里埋葬的就是他心碎的原因。

马夫紧张了起来，说这会是天大的丑闻，会给庄园带来大麻烦。建议大家把尸体重新埋回去，决不能让事情声张出去。

八郎看了一眼如意，如意轻点了下头。

然后马夫取来铁锹，熟练地把尸体埋了回去。莫莉夫人在一旁神神叨叨的低声念着："回来了…又回来了…"

这时的旋转木马看上去就像是一座旋转墓碑，将在场的人分屏在各自不同的案发现场，面对着同一具尸体。但他们又有一种默契，希望忘掉这件事，不过似乎只有邦迪成功办到了。

这个晚上，八郎梦见自己坐在石榴树下的长椅上晒着太阳。他看向右手边的大门外，一位穿着深红色长裙的姑娘正好经过。充足的阳光下无法看清她的样子，但她就是美好到不应该出现。这时，一束光刺过来，刺透他的眼睛。等他再睁开眼，那个姑娘不见了。他抬头看到大门上挂着的钟表，指针显示在 11: 58 分。

这个梦让八郎感觉到，他似乎潜进了某个自己的身体。他起身走出房间，想走去厨房倒杯水。

这时的天刚蒙蒙亮，窗外起着薄雾，所有人都还没有起床。他刚走到楼梯转角，看到邦迪从前面飘了过去，他穿着睡衣，眼睛上蒙着他的白手绢。八郎轻轻地跟在了后面，发现邦迪像幽灵一样飘进了地下室，而马夫正守在门口给他关上了门。八郎断定邦迪是在梦游。

傍晚。邦迪见到八郎说："你的气色很好。"

八郎说："对。昨晚没有失眠。"

然后八郎突然问他，庄园里有没有其他人认识 J 先生的新娘。邦迪结结巴巴地说不可能，不可能是她。因为她从没来过庄园，因为她这会儿还在路上。

八郎说："我可没说尸体是新娘。所以，那条手帕怎么解释？"

邦迪又立刻恢复状态回答："我也没说。"

八郎说："但我们都善于听到那些没说出来的话。"

后来，如意得知了八郎的发现，他们从喝醉的马夫那里拿到了地下室钥匙。但奇怪的是这把钥匙却打不开地下室的锁，但他们鬼使神差的用这把钥匙打开了另一把锁，他们打开了阁楼的房门。

刚一开门，就从里面冲出一只蝙蝠。他们走进房间，八郎点上了蜡烛，揭开了覆盖在房间内面纱一样的白布。

枕头边放着白色睡裙，上面绣着字母 T。床边放着留声机，梳妆台上散落着一些药瓶和礼盒，落地钟的时间停在 10:08 分。

他们在一个黑色礼盒里发现了一把银质梳子，梳子背面雕刻着星球地图样式的纹路，梳子的手柄上刻着字母"M"。八郎弹落了梳子上的灰尘，用衣服把梳子擦干净，这时他发现这个 M 是后改刻上去的，也就是覆盖了之前的印迹。

接着在另一个黑色礼盒里看见一面银质镜子，镜子的手柄上刻着"T"。镜子背面的雕花款式和梳子是一样的星球地图纹路，所以梳子手柄上被覆盖掉的字母原本是"T"。

他们又在壁炉的壁龛里找到一本被烧过的小黑书。可以看到封面的图案是从一个圆圈的脸上落下 13 滴眼泪，背面写着《香水瓶》。里面是一些残留不清的密语记录，记录着每种植物都是一个星体，以及用这些星体配置的密方。

八郎说："其中有些内容被另一种笔迹做出过并不匹配的修复和翻译，显然是另有所图之人把本子从火里打捞了上来。"

如意说:"一朵花一颗植物可以转化成药物,因为它们饱含生命力。所以才可以如此消无声息的治愈或是收割生命。这本小黑书应该被扔进火里,扔进火里会让它高兴。"

随后,她推开露台的彩色玻璃门走进了月光,仿佛走进了一场舞会。她听到音乐中有两个影子在旋转,然后月光化身出四个光圈。光圈的圆心相互交叠,光线连接成一个"井"字,就像四片叠在一起的花瓣,花瓣像水墨一样晕开。然后,她的影子在追着一只鸟的影子,一直追到森林的影子里不见了。

这些光圈的影子让她感知到,眼睛根据光的频率来识别颜色,在可见光的叠加中,至强或至暗都会造成一种"眼盲"。那么,在意识里也有着不可见的叠加造成意识里的"眼盲"。

八郎在角落里发现了一幅油画,在一片强烈地死灰中正浮现或是正隐没着一位穿深红长裙的女人。她的脸被刻意抹去了,手中举着个烛台,烛火落在她戒指的红钻石上,灵光乍现出一颗跳动在死灰中的鲜活心脏,这种红色的感觉让八郎似曾相识。

画面的右下角有个模糊的签名,八郎手持蜡烛靠近后看到是字母"J",在J下面藏着一个图案:露水中开着花瓣。

等如意从月光里回到房间,看到这幅画中附在戒指上的跳动。她明确了刚刚的感知,她说邦迪的眼睛就是揭开真相的钥匙。

后来，他们从酒后马夫的口中得知，在这个庄园里，红钻石戒指象征着主人身份，如同王冠的传承。同时红钻石在这个庄园也是绝对的禁忌，J 先生不许提，因为那是他的心病。

下一个晚上的 7:15 分。如意来到莫莉夫人房间，见她正坐在梳妆台前梳着头发。如意走上来对着镜子里的莫莉夫人说："你为什么偷走了那把梳子？是因为偷不走瓶子吗？"

镜中的莫莉夫人看着面无表情的如意说："你们很像。善于造梦，因为你们足够清醒。"

然后，莫莉夫人转过身说："TiTi 是庄园之前的主人。有一天她坐在石榴树下，然后上了一辆黑色马车，之后再也没有回来。"

八郎在这个同时，把《香水笔记》拿给邦迪。邦迪发现其中有些症状跟自己的病症完全一样，而且发现那个后更改上去的笔迹和莫莉夫人的笔迹也很一样，这让他不由得浑身发凉。

他意识到自己的患病和痊愈也许并不是偶然，也许是自己中了毒，也许是有人救了自己，他冒出了太多也许，整个庄园都跟着这些"也许"凉了起来。并且这一股凉气之中没有外人，庄园里这些最亲近之人都变身成了嫌疑人。

邦迪想起来，那天在湖边散步，一条经常走的堤岸突然塌陷，他险些掉进湖里。当时他查看堤岸，发现是有人故意而为。

接着，邦迪又想起来一个朋友，是一条叫"大白"的黑色牧羊犬。大白因意外中毒而死，他把这个朋友埋在了旋转木马旁边，还种上了33朵鲜花。而在大白被毒死之前，他曾喂过大白自己的苹果馅饼，所以也是有人要致自己于死地。

邦迪陷在压抑的怀疑中，怀疑庄园就是一整个墓园，甚至不知道大家是人是鬼。自己也像是红衣尸体一样，蒙着一层腐烂的尸气。

如意从莫莉夫人房间离开后，来到庄园后院的小药房，正看到马夫在旁边的干草棚里藏了什么。等马夫朝庄园大门走去时，如意发现是一个旧包裹被埋在了干草堆里。包裹是从外地寄来的，收件人是TiTi。从邮戳日期看，这是很久之前寄出的，但是并没有被打开过。如意打开包裹后是个黑色礼盒，里面有几个编号为"1991"的信封，每个信封里装着不同的旧纸牌，分别是4张8和一张方片J。

如意拿着纸牌回到自己房间，点亮蜡烛。牌面在烛光中逐渐显现出一幅幅活的心灵地图，然后在遗言般的纹路中逐个破散开，每句"遗言"都像飞刀一样命中不幸的命运之轮。

这个时候，八郎来找到如意。他们和"遗言"继续对话，直到某一刻，八郎的目光从纸牌上离开，他说："我知道了。"

八郎的话音未落，"柜子。"如意说。

这时刚好敲响午夜 12 点的钟声，仿佛召唤着那些又要重新出生的人。如意感到这些"不幸"就像是在午夜送出的生日礼物，同时他们自己也正在被这个"归来"的新生安排着。

他们走进小药房，果然在柜子后面发现了暗道。暗道的入口刻着象征宣言的图案：从露水中开出四片花瓣。然后他们举着各自手中的蜡烛，从暗道进入了地下室房间。

在这个有七个边七个角的天地中铺满了黑色镜面，正中心摆放着一张圆桌，白色桌布上绣着白色牡丹花。桌前围坐着 11 位穿着红裙的无头尸体标本，在她们手中握有一条绣着黑羽毛的白手帕，绝境中混合着陈年的血腥香气让人眩晕。

如意眼前一个个发光的星体从灰烬中升起，比黑色更黑色。她不禁在镜子前舞蹈了起来，黑色的烛火在无限的镜面中跳动，她像出现在这个无限中不灭的幽灵。她围着桌子转了一圈儿后，靠在了墙体的镜面上，镜子打开了。

镜子后面还是一个黑色镜面空间，八郎随她走了进去，红色长裙的无头标本整齐地排列在房间里，像是等待着赴约的贵宾。

如意仔细阅读着尸体标本，她说："这位手法精湛的玩偶裁缝在自身意识的镜面上用全部能量产生了一个涟漪，这个涟漪像源源不断地电流从他的指尖流入到一针一线。"

八郎说："他完全信任这些标本，因为只有尸体有勇气对他完全敞开，不在乎是不是会因此受到伤害。"

如意说："他的心灵收不到世间的任何回音，这场约会是他唯一可实现的共鸣。于是，他带着他的尸体们上了地狱成了仙人。"

八郎说："他拒绝死在丑陋的时刻，他要在来不及的时间里尽力保全死亡。他要赶在别人伤害她之前杀了她。"

接下来，他们举办了一场主题为《解刨展》的约会。在邀请函上写了附注"你露馅儿了"，邀请所有嫌疑人赴约。

晚上11点07分，大家齐聚一堂，还是那样温馨。

突然，邦迪说要变天了，要下大雨了。这时远处的夜空格外的黑，密不透风的黑色往眼前蔓延，直到蔓延出一大片乌鸦，像一张厚重的红色乌云从庄园上空掀了过去。

八郎点燃了一支蜡烛说，在山穷水尽的地方就像是在山穷水尽的地方。

然后他戴上了白手套，接着说："我受到了某种指引，知道了一些不该知道的事情。比如，我们正在鬼打墙的噩梦中，所以生命只有两种，一种知道自己是死人，一种是不知道。"

然后拿出那几张纸牌继续说："再比如这些平常的纸牌，当它们在无意中被赋予了生命之后，就会开口说话。"

八郎开始叙述到：

方片 8 说："他曾经过我的大门，所以我每天都会坐在窗口等一场不会来的暴风雨。"

庄园的主人 TiTi 错过了和来自密会组织 J 先生一起出走的机会。当时她被锁了起来，而等在石榴树下的 J 先生因为这场误会再也没出现。

红桃 8 说："因为他们都喜欢石榴，因为戒指上石榴色的光芒把房子淹了。结果我流离失所了，走在满是针的路上，我不敢回头，不敢可惜那真的不是你也不是凶手。"

TiTi 的儿子不能让她离开自己。于是，她被活在黑夜的儿子锁在了阁楼。她出逃失败后，又被另一个活在白夜的儿子骗进了地下室，命丧于此。把她永远的留了下来。

之后，一场白夜与黑夜的追杀开始了。他们本就住在同一个身体，即没有完全的现实也没有完全的梦境。黑夜因白夜杀了自己的妈妈，于是他杀了白夜的新娘。他们就这样被自己反复追杀着，扮演彼此世界里的凶手报复着自己，不停地制造谋杀自己的事故。

梅花 8 说："你的正派让我误会了我们的感情。并不担心会互相伤害，只是担心互相伤害却不致命。如果爱不能养活我了，我就好好的活着。请给我捎来地下室的泉水。"

TiTi 编写了《香水笔记》，那些象征寓言的密语，来自她内心不会被打碎的瓶子。

TiTi 传授了管家炼药技术，但管家却想成为那个被需要的人。她背叛了 TiTi，给 J 先生转达了假密函。后来，她又厌倦了为"儿子们"不断地处理尸体，不愿再做尸体的保姆，并下毒使他们昏迷在失忆里。

黑桃 8 说："殿堂的后面，展开秘密集会，我们同时迷了路。我们从面目全非走向另一种面目全非。在面目全非的环形之旅中，我被搁浅在无名之处。在被放逐的日子里，毁自己都来不及。"
但有人给处于昏迷的儿子换了药，让他醒来，那就是和他一起去墓地寻觅尸体成瘾的帮凶。
他们通过地下室的隧道前往墓园，不断从坟墓中挖来尸体，把她们精心地打扮成 TiTi 的模样，举办一场接一场的盛会。一个他用宴会祭奠他的心魔，一个他在宴会上等待他的新娘。

八郎转过来对邦迪说："砍掉她们的头，是因为你无法面对自己，所以无法面对她，你不敢再见到她。同时，标本的样子代表着你理想的样子，你认为物质世界的本质就应该是无形的精神之脸。"
邦迪一直在笑，笑出了眼泪。
八郎接着说："你不是 J 先生，你是这里的主人，没有得到红钻石戒指的主人。"
邦迪被这句话狠狠击中，落入他记忆的漩涡中不断坠落。他不得不想起他最想忘掉的事，他想起了离不开的 TiTi 和等不来的新娘，想起了那些活人一样的尸体，想起了庄园大门上没有指针的钟表……

这一刻他决定用自己的生命来复活他的心跳，跳到另一个舞台重新停止。

八郎说最后还有一张沉默的"方片J"。也许它没有被分享的欲望，因为真相无法被分享，因为那些没说出的故事不需要观众。

然后八郎转身对莫莉夫人说："你知道你替代不了活着的她，更替代不了死去的她。你一直在暗中给邦迪下毒，让他保持着迷失，你害怕他认清自己，然后再次不需要你。"

莫莉捂住自己心口，坐在椅子上说不出话来。

八郎又转身对马夫说："你在捉迷藏的游戏中不可自拔，你希望这场追逐不要停下来。就好像找一个人的乐趣在于找不到，这样就好像真的有那么一个人可以去找。她不出现的多一些，就会失去她少一些，你沉醉在一种似是而非的分寸之间。"

马夫说："当我们跨越了自己的戒尺，同时也就代表默认了接受被伤害。在那个不讲理的瞬间分毫不差的将我们分毫不差的规则化为乌有。"

邦迪接着说："一想到那些不认识的自己就觉得可怕，再想到已经认识的自己就更可怕了。"然后他转过身对自己说："我被你们每个人杀了一遍。我们活在自己的地狱里，与魔鬼同行。我们从火中走来，然后再走入火中。"

如意对邦迪说："日出时你在眼前蒙上一张手帕，日落时又将手帕蒙上了记忆，你回避在绝望中完成着你们的绝望。不过，你的手指不杀人也是浪费了。"

这个时候听到莫莉夫人暗自说着，TiTi 是一个连接所有心魔的诅咒，并且谁也无法战胜她拥有的咒文，因为那是庇佑她的护身符。说完，莫莉干了一杯被下毒的牛奶，死掉了。

马夫拿起餐桌上的烛台猛地冲向如意，大喊着："是你毁了这一切，如同她一样。"

八郎迅速挡在了如意身前，烛台刺进八郎的心脏。邦迪举起莫莉尸体旁的女王雕像砸死了马夫，马夫终于清醒在解脱之中。

邦迪把他的白手帕放在了如意手上，如意用手帕压住了八郎的伤口，八郎对她说："这一次我身上中对了剑。"

蜡烛熄灭了，山穷水尽的地方依然还在山穷水尽的地方。邦迪把莫莉夫人和马夫的尸体用铁钩子挂在了柜子里，他们此时对于邦迪来说，只是一块按时死去的肉。

然后他去"回信"了那些遗言，分别写在了对应的几张纸牌上。然后在信封上编号"1905"，把牌分别装了进去。收件地址是 Q4a 星球 317 号，收件人是 J 先生。

再然后，邦迪来到阁楼房间，他打开留声机，传出一首像是隔空演唱的歌曲：

"梦到一场浪
随着风悬在天地间的浪
我在透明的房间游荡
在没有眼神的虚空中张望
我消失进了我里
消失了所有分离
在这里也未必在这里……"

邦迪随着歌声，用蜡烛一个接一个地烧着了房间里的所有记忆，他安静地平躺在床上，大火在依旧的10:08分准时点燃了阁楼之灯。

如意掺扶着八郎走到庄园门口的石榴树下时，他用最后一口气说："我不走了。"
她说："我知道了。"
他俩依坐在石榴树下的长椅上，八郎躺在她腿上柔软地像婴儿一样。一边是庄园的熊熊大火，一边是八郎渐渐消失的温度。她感到心脏被狠狠地攥在了一起，攥成没有。

然后她用双手在石榴树下挖了坟墓，鲜血从十指间流淌下来，和泥土融合在一起。
她将八郎的尸体放入泥土，用匕首取下了他的一根肋骨。把她舞鞋上的龙筋在他手腕上系了同心结，然后用手帕擦去他脸上的血渍。夕阳照过来，从他脸上掠过了一抹笑容，模糊了周围，他甚至比活着时更可爱了。

她躺在他身边仰望着深红的天空，哼着没有旋律的调子。旁边石榴树的枯树枝像悬在半空中的乐谱，把她哼唱的哀乐织成了一张网，这一刻就这么永恒了下来。

永恒之后，石榴树活了过来，乐谱般的树枝上开出像音符一样的花朵，结出了一颗颗饱满的红石榴。然后像止不住的泪滴纷纷落下，沁入大地之中。

如意起身，在这场石榴色的暴风雨中，填上了八郎的坟墓。

她在心里说了句心里的话。说完，一颗石榴落到如意脚边，她捡起来，拨开石榴皮，里面是一颗颗跳动的火红钻石。

第三节 071491

如意将一部分红钻石播种在棋局迷宫，成为了河心中不老的石榴林。老爷看着石榴林说："也许比爱更爱的，是不知道在爱。"
他又看向如意，仿佛也感到了无数个四季从身上碾过的窒息，但又从这种感同身受中生出了欣喜。

老爷对如意说：这些石榴可以复制"八郎"，比如我们再次将石榴水中原本的意识导入一颗石榴籽，那么原本的死去就再生了。如同把编程的能量数据转移到其他"身体"，身体成为被同能量源复制的"替身"，与空间捆绑在不同时间线，而能量源在不同时空中被同时纠缠。所以并不是你有未来，是因为那个未来有"你"。
如意说：能量本身不是幻觉，而能量的存在是幻觉。死亡是一种误会，以为失去了一个身体。而死亡让消失的再生，生出另一种误会，以为得到了一个身体。

接下来，老爷在他们的科技教堂打造了一间"鬼伴儿工作"，空气中悬浮着白色魔方在互相吞噬着生成。这是一个将"自己"投影在另一具身体上续梦的"制片厂"。根据生命是由"梦"组成的认知，在沉浸式的人生游戏中，实现了"梦中人"的复制系统。这些复活本来就是来自"我们"的定制。这里根据

"我"的订单，给我们"发梦"，发送给那个订单的平行。梦在回流着交错，平行着离散。

老爷说：一切可能都活着发生，如果活着没发生，死了也不会发生。比如涅槃早已发生在生命的本来，当全身心地"死"在了"我"里，就活着走出了死亡，活着来到了根本。

如意说：就像是解绑了盒子上的蝴蝶结进入了新模式，盒子开了花，然后进入不断开花的自动化。所以，在同能量源的补给中才会"长生不老"。所以，不要好人，我们要好的人。

黄昏的时候，一只黑色猫头鹰飞进了盛开的黑色曼陀罗，与一朵朵铃铛型的火焰融为一体。在铃声的庇护之下，如意看到了七艘船从不同方向驶进了这片失控的红色海面，每艘船都燃起一束光，光里飘着海妖和珍珠。然后七艘船聚集到一起，变成一双透明的翅膀飞向自己。这时，猫头鹰从深邃的火海里，发出了婴儿的笑声。
提醒着我们可以根据自己的意愿进入不冲突的状态，比如一边醒着，一边睡着。

在他们不变质的天真中，妙音物理被实现得更加全面。比如每个存在中的每个细胞都在振动，发出多维的"电子音乐"。然后可以通过音乐中所包含的色彩与一块巨石内心深处的情绪相连，使巨石的身体变轻，完成不可能的建筑。

正因如此而诞生了由 12 艘塔形"浮生船"组成的"死亡回路"。这些塔像是折纸一样,把这张看上去是塔形的几何体打开,是一个独一无二的圆形。这个无法被描述的球体能够完美地接受来自星球内部的震动,然后通过浮生船之间的偕作,使大量振动力又流入万年楼,这个共振的回流形成了天然的电力系统。

浮生船的宝顶与地壳转移之前的星空看齐,"现在"与"不在的现在"像是彼此咬合的齿轮。对齐太阳的第 13 艘浮生船就是元元堡垒,将是会放置 K3a 星球另一颗"心脏"的地方。

12 月 21 日。在元元堡垒的"船顶"上,升起月牙形的火苗。如意撕下衣服上的一块红布绕在了用八郎肋骨做成的一支笛子上,交给不谷。宣布他成为 K3a 星球的新国王。

不谷用双手捧住他一生的同盟,站在船顶吹起笛子,风一般的笛声吹开了重重世界,金色的大鸟和金色的小鸟从四面八方层层叠叠地飞过来,彩虹色的羽毛荡漾在死亡回路上。

不谷说,这只笛子可以驾驭光和火,一切生灵都会像蛇一样跟随笛声起舞。

接着,笛声点亮了每艘浮生船上空咬合的星体,仿佛三重天的最赤红都在此刻折叠在一起,一起见证第五只新太阳从地下冉冉腾空。

后来，不谷用五色石雕刻了一座人像送给如意。他说："告诉我该如何回敬你，我就会去做。"

如意摸着不谷羽毛般的头发说："我不需要任何人的余生，我只要我的。我们即将要分屏了，但我们始终同频。"

不谷说："不全是。在爱的重叠里，我们始终同屏。因为'本来'就是这样，所以我会为了实现这样的'本来'赴汤蹈火。"

最后一天的 10:08 分，如意收到了一份生日礼物。她打开黑色盒子，里面的夹层里藏着一封信。信封上写着"2057"，里面是几张被留言的纸牌。

红桃 K：在千山万水的有一天，你停靠在我的岸边。我被发现了。

黑桃 K：天很热，我正在给你写信，有字的信。写着写着就把自己蒸发掉了，只写了 52 页。

方片 K：置身时间之外，我派你来，是为放自己一马。从前你已经是在我的未来了。

梅花 J：一个不善于谋杀自己的人是不够美好的，是绝对靠不住的。所以这一刻，我是踩着自己的尸体过来的。因为在每一刻，无论自己是谁，我都是自己的叛徒。

另外还有一张没有留言的黑桃 Q。

她在这天的日历上写下：钟声响起，我被你召唤来召唤你，经过一路云遮雾盖，认下世间无处赴死。我们付出自由意志的代价，向死神献上了挂花环。然后凭借不可知的力量，从石块中再生。带着一颗水瓶，走向午夜的太阳。

时间来到了 K3a 星球开满樱花的时候，这个时候即热烈又淡泊。

不谷思索着：再也没有什么比一个谦逊的绽放更让人感到钦佩的了，正如一个真正的伟大在于，他可以在成就中默默忘掉自己，可以毫无留恋地谢幕在伟大之外，这种品格将决定他整个世界的品格。他想到如意曾经说，放弃希望就会重拾幸运。正因如此，他感恩着他的幸运，感恩那些诚实的朋友和勇敢的敌人。

星期五的茶会，老爷将两块灰色石头交给了不谷。这是如意用其余的红钻石炼成的两块普通石头，它们叫做"识之石"。她说我们的两颗"心脏"都散发着没有颜色的最强光，源自所有灰烬之后的白。她说时候到了就注入它们的"心跳"，识别了心跳就识别了这块石头。
一颗识之石放在了太阳下元元堡垒的浮生船顶，里面存储着一个 K3a 星球生命体系信息的"数据中心"。一旦星球面临摧毁时，这个数据中心就会被激活，发送至其它新世界重启。

另一颗识之石放在了刚刚建成的万年楼，这块石头里存放着骨笛。这颗心被安置在地下的最顶端，距离天堂最近的地方。它会持续向宇宙发送信号，直到下一次灭亡，等待其他生命接收到这个来自 K3a 星球最真的心跳。

在后来的日子里，不谷一直善待着在劳动中献身的人们，因为他们真实的和世界对视，因为他们超然的平凡品质。老爷和他一起继续"造船制海"，不断扩展着新领域，K3a 星球开启了新太阳系的探索时代。

12 月 25 日。不谷在心中创造了一个私人的节日送给自己，他用一个特殊的仪式，纪念一个隐秘的纪念。他在这天点亮灯笼，点亮对命运的感激。

他将红色和青色羽毛绣成十二扇面的屏风，围在谜底泉眼，围成一个团圆。羽毛的光泽倒映在水面上，"兜儿"里泛起一条条彩虹波纹，随着心情说着万事如意。

后言

在农舍的院子里，草坪上有四只金色的小鸡蹦蹦跳跳。

一个戴着大草帽的农夫，蔚蓝的帽檐上面插了朵鲜花。正在漫不经心地粉刷着他编织的鸡蛋篮子。农夫从鸡窝里拿出一只新生的鸡蛋，在手心儿里握了一会儿，又放了回去。他抬起头，天上挂着彩虹，初升的阳光照在脸上。

他像哼着歌似的念着"又送王孙去 萋萋满别情"，扛起一把镰刀走向麦田。

Ps： 故事由错位时空中截然不同的"我们"被"宿命"远程连接，回形流动组成。在不同的"同时"，各自跟随虚空中的声音，跟踪颠沛流离的轨迹，投入进没有任何装饰的生命。在自己的光源里正见自己，历经理所当然的分离，交出没有指望的情谊……直到厌倦自我，直到一无所知，直到退回到新的原点，来到各自的根本各自团聚。在所有灰烬之后，站在世界之圆上重生，然后继续着天然的智能再次回归游戏。

其中人物情节等均是作者从自身梦境与现实之间发生相互交叠的真实构建中集合而来，意识的实体与实相的虚拟贯通为一体，只因它们本为一体。记录着"在"与"不在"的对话和不同维度在表象之下的演出。